RESAN TILL MARS

Mars

Detta är berättelsen om en mans drömmar om Mars

Ingen vet vem han är eller var han kommer ifrån. En dag fick han en gåva som kan förändra allt på jorden!

Janne OB Larsson (Jan Larsson)

Janne OB Larsson

Resan till Mars

Uppenbarelsen

© 2023 Janne OB Larsson

Illustration: **Janne OB, Larsson**

Förlag: BoD • Books on Demand, Stockholm, Sverige

Tryck: Libri Plureos GmbH, Hamburg, Tyskland

ISBN: 978-91-8057-843-1

Resan till Mars

Han var på väg för att hämta posten i brevlådan, det var inte så långt att
gå, ca 50 meter. Det var 25 minusgrader och en klar vinterdag
någonstans i Norrbotten. Granarna hade fullt med snö på grenarna, och
det knarrade när han gick. Han var en helt vanlig person som inte hade
någon högre utbildning, men genom livet lärt sig att skruva i datorer och
allmänt händig när det gäller elektronik.
När han gått halvvägs fick han en fruktansvärd huvudvärk och såg blixtar
och ett skarpt sken framför sig. Han stod stilla och långsamt mildrades
värken. Det kanske varade en minut på sin höjd. En mycket konstig
känsla efteråt, som om det klarnade i huvudet. Han gick vidare till
postlådan och tog med sig posten hem.

Dagen efter satt han vid köksbordet och åt frukost och han hade en
anteckningsbok framför sig som han började kladda på. Efter ett tag
upptäckte han att han skrivit flera formler och ritat ett diagram. Han
tittade på de olika formlerna och han förstod vad de betydde.
-Märkligt sa han till sig själv, jag har aldrig sett dessa förut.

Efter ett tag förstod han att det var en form av elektronisk maskin, som
det var meningen att han skulle bygga. Var det ett sammanträffande
med det som hände på väg till brevlådan?

Han skrev ner vilka komponenter man skulle ha för att bygga apparaten. Det visade sig att det var hundratals olika dioder, kondensatorer och speciella elektroniska komponenter.

Efter han hade googlat på nätet efter de firmor som sålde komponenter och lagt in i elektroniska kassan insåg han att det skulle bli mycket dyrt och bestämde sig för att inte beställa allt på en gång. Det fick bli lite i taget.

Under tre månader kompletterade han inköpen allt eftersom. Det krävdes också olika metallkonstruktioner och omvandlare. När han byggde ihop allt och gjort kretskort och lött på komponenter och kopplat anläggningen till en dator krävdes det en programmering som han aldrig gjort förut.

-Allt är mycket märkligt, jag konstruerar och programmerar något jag inte visste något om. Det verkar som någon eller något styr mina handlingar, så att jag förstår hur den ska fungera! Men jag är inte orolig, tvärtom är det spännande att se hur den fungerar, tänkte han för sig själv.

Han fortsatte och monterade en kamera på en ram som var 10cm bred och 3x2 meter lång och som stod upp vertikalt som en stor glugg. På ramen monterades det effektkondisatorer, fasförskjutare och frekvensmagnetförstärkare med jämna mellanrum på insidan av ramen.

Allt detta skulle drivas med 380 volt trefasspänning. Strömfördelningen styrdes via datorns programvara.

DAGS ATT GÖRA ETT TEST

Testdagen kom och alla förberedelser var gjorda. Utrustningen har kompletterats med skyddskläder som skyddar mot strålning, samt syretuber för andningen. Hela utrustningen utom datorn har byggts in i ett rum som är väl isolerat. Rummet är försett med en sluss så att man kan komma in. Konstruktionen hade ett tjockt glasfönster för att kunna se ramen inne i rummet.

Han anslöt elektriciteten, datorn och de elektroniska kretsarna blinkade och allt såg ut att fungera.

Datorn väntade på att få koordinater på platsen som skulle undersökas.

Han ställde in longitud och latitud och på datorns skärm kunde man läsa:

"Alla system ok. Starta sökning? Tryck ENTER"

Han tryckte på tangenten och inuti ramen såg han en bild föreställande en gräsmatta och en röd boll. Han styrde med en joystick och zoomade in bollen i närbild.

Han gick in i slussen och stängde den första dörren och sedan öppnade den andra dörren och steg in och lika omsorgsfullt stängde dörren efter sig. Han tog fram ett gripverktyg på en stav och sakta sköt fram mot fönstret. När gripdelen kom fram till fönstret gick den igenom och omslöts av bilden och han sträckte fram griptången och tog tag i bollen och drog den tillbaka in i rummet. När griptången med bollen kom in i rummet återgick bilden som tidigare fast utan bollen.

Han hade alltså lyckats hämta en sak på distans fast det var flera mil emellan där han befann sig och där bollen hade placerats. Allt hade fungerat precis som det var tänkt. En form av maskhål hade bildats och avståndet till koordinaterna hade ingen betydelse. Han tog bollen och gick ut ur rummet och stängde dörrarna efter sig. Han undersökte om bollens material hade förändrats eller om det fanns spår av någon strålning som kunde uppmätas.

Maskinen kunde alltså förflytta material från ett ställe till hans byggnad. Han avslutade programmet och det yttre fönstret försvann och nu var det bara en vägg där igen.

Efter det lyckade försöket satte han sig nöjd ner och planerade för nästa steg i användandet av maskinen.

Dagen efter skulle han göra ett mycket, mycket större test.

Han gick igenom sina anteckningar på koordinater som han skulle använda.

Longitud, Latitud, 77.40131021°, 18.45143045°

De koordinaterna ska han använda sig av. Det är inte koordinater på jorden utan de är på Mars, närmare bestämt där proverna nummer 17 och 18 som Rovern Perseverance placerat på marken för kommande expedition att hämta. Han hade inhämtat alla fakta från Nasas hemsida om projektet. Det var markerat var Rovern kört och var de hade tagit borrproven. Senare skulle de skicka en form av månlandare (marslandare) som skulle hämta proverna och skicka dem via en raket till jorden. Det skulle kosta miljarder att investera i raketer, bränsle och anställda.

-Jag har en plan att koppla upp mig med hjälp av maskinen och hämta de två tuberna och på något sätt leverera dem till NASA utan att de får känna till uppfinningen. Jag måste skydda maskinen så att inte "fel" människor får tag i den och använda den till onda handlingar, tänkte han.

Han insåg att det skulle vara mycket farligt om det skulle komma ut hur man bygger den. Det är en säkerhet inbyggd som gör att den inte fungerar om det inte är han själv som startar programvaran eller utrustningen. Det finns en självförstörande funktion inbyggd som känner av hans kroppsfunktioner.

Om maskinen fungerar som tänkt då öppnas ett nytt universum och planeter som kan utforskas oavsett avstånden, har man exakta koordinater så borde det gå.

TILL MARS

Påföljande dag började han att göra iordning allt som behövs för uppkoppling, inklusive skyddskläder och syrgasmask. Man vet ju inte vad som händer om det fungerar. Kommer atmosfären och det längre trycket att komma in i rummet? Hur reagerar fönstret ut mot en värld som inte har syre, kommer fönstret hålla? Det finns många saker som han inte räknat med. Han konstruerade att tryckutjämnare så att det inte skulle vara för högt tryck inne i maskinrummet.

Han startade alla funktioner och slog in koordinaterna till datorn samt den aktuella plats som Mars har i förhållande till jorden. Efter han tryckt på ENTER tog det något längre tid innan något hände, men till slut blev det som ett fönster i form av en bildskärm i ramen. Utanför syntes en öken med rödaktig sandfärg. När han tittade på sanden och solen som lyste på himmelen så slog det honom att han var den första människa som tittar ut på den miljön. Det kändes stort och fantastiskt. Han såg stenar av olika storlekar, han tog tag i joysticken och sakta svängde åt höger. Han såg samma formationer och svängde ytterligare en bit och då såg han två spår i sanden. Det var helt klart spår av Rovern som kört där. Han såg längs utefter spåret, men såg inget märkvärdigt. Han svängde 180 grader och tittade på spåren åt andra hållet. En bit efter såg han något som blänkte bredvid spåret. Han zoomade sakta mot det som blänkte och såg då två små behållare som bara var ca 30 centimeter långa och ett par 3 centermeter tjocka. Bingo! Det var de han var ute efter. Han tog på sig alla skyddskläder och gasmask och gick in till rummet efter han noga sett till att dörrarna var stängda. Han tog tag i staven med gripklon och mycket sakta petade ut den genom fönstret så att resten av bilden omslöt gripklon och stavens framdel. Sakta öppnade han gripklon och klämde på den första tuben och sakta, sakta drog tillbaka staven. Han förde tuben till en låda som var gjord av bly med ett lock. Sedan upprepade han hämtningen av den andra tuben och lade den i en andra likadan låda. Han förseglade lådorna och tog ett mätinstrument och kontrollerade om det var någon strålning från lådorna. Det gick inte att mäta någon förändring, ingen strålning eller annat utslag. "Fönstret" var helt täckt och ingenting följde med staven in i rummet, det blev en total omslutning kring staven och tuberna. Bildytan buktade inte åt något håll. Den tryckskillnad mellan Mars och rummet han befann sig i påverkade inte skärmen. Med en djup suck pustade han ut. Han hade inte märkt att hans puls hade varit uppe i minst 180 slag i minuten. Han jublade inombords över framgången. Allt hade fungerat perfekt. Han gick ut genom dörrarna och stängde av maskinen via datorn. Han tog av sig skyddskläderna och syrgasmasken och mätte ytterligare en gång om det var någon strålning från skyddskläderna, inga utslag alls. Han återställde trycket i rummet till det normala.

LEVERANSEN

Han fortsatte med nästa del i sin plan. Det gällde hitta ett sätt som inte avslöjar honom eller varifrån tuberna kommit eller hur det kunde ske. NASA ska i första hand få en av tuberna och det måste ske på ett sätt så de tar det på allvar och inte kontaminera sitt eget test. Tanken är att använda maskinen och lämna tuben på ett ställe som har resurser att undersöka provet och att NASA inser att det är ett original.

All information om NASA:s Marsprojekt finns på nätet, de hade aldrig tänkt att det skulle behövas hålla hemligt. Snarare tvärtom ville de marknadsföra deras kunskaper och tekniska skicklighet i absoluta framkant. På nätet finns alla uppgifter om koordinaterna som tuberna lämnats på och hur organisationen fungerar samt vilka som är ansvariga för de olika delarna i Marsprojektet. Marknadsföringen visar även hur forskningsstationen ser ut och att de har uppvisningar för studenter som kan se alla delar i projektet.

Han studerade all information och bestämde sig var han skulle lämna av en av blylådorna. Han skrev ett följebrev om vad blylådan innehåller och hur viktigt det är att den öppnas i ett absolut rent labb. Allt var planerat och delarna och brevet hade inga fingeravtryck eller rester av DNA som skulle gå att spåra. Han tyckte det skulle bli spännande att se om de går ut offentligt om fyndet eller hur lång tid det tar innan det blir offentligt.

-Nej, det blir nog knäpptyst en lång tid med stor nervositet inom deras organisation, tänkte han glatt.

Han tvivlade inte på att de kommer fram till att tuben är original och att borrdelarna visar sig vara utomjordiska.

Han kontrollerade noggrant var labbet finns och koordinaterna för aktuella labbet.

På blylådan klistrade han meddelandet på locket. "Det är av största vikt att ni kontrollerar innehållet i denna box i labbet för att inte kontaminera innehållet. Jag återkommer med fler exempel senare när ni konstaterat att innehållet är äkta Marsprov. Det finns inget i som så vitt jag vet är farligt för människor enligt de tester jag gjort angående bland annat strålning. Om ni konstaterar äktheten så kan ni skriva på hemsidan om ett genombrott att få hem proverna från Mars. Då återkommer jag!", kunde man läsa i meddelandet.

Han startade maskinen och datorn på natten USA-tid och programmerade in koordinaterna och han hade också kompletterat med en starkare lampa ifall det var för mörkt i labbet. Han hade kompletterat med en videokamera för att spela in förloppet. Han tryckte in värdena och återigen tryckte på ENTER.

Bilden inuti ramen sprakade till och visade ett rum som hade svag belysning. Han tittade omkring och såg glasrutan och de skydd som man kunde sticka in armarna och undersöka prover. Han var inne i rummet och tog griparmen runt den ena lådan och lyfte den på bordet där skyddsarmarna kom ut och sedan lade han en kopia av meddelandet på andra sidan skyddsglaset så det skulle ses av någon som passerade förbi. Det fanns en knapp vid stolen som det stod "varning" på, och han tryckte in den och startade ett upprepande varningsljud. Då kopplade han ner maskinen och stängde av strömmen.

-Nu är det bara att vänta, tänkte han.

Dagen efter hos Nasa hördes ett larm från labbavdelningen och en vakt fick en varning via skärmen vilket rum det kom ifrån. Han meddelade vaktmanskapet att de genast skulle dit och titta vad det var för något som hänt. Vakterna rusade genom korridorerna till labben och när de kom fram såg de inte några forskare där. De stängde av larmet men kunde inte se vad som hade hänt. Efter de undersökt rummet såg de inte något som verkade fel, ingen dator eller belysning var tänd i rummet. Enligt regelverket skulle de vid larm kontakta Nasas forskningsledare Walter Collings. De ringde upp honom och det tog en stund innan han svarade. -Ja, det är Collings sa han sömndrucket, vad vill du? -Det har varit ett larm på labbet sa vakten. Han fortsatte och berättade att de inte kunde se vad det berodde på. Collings sa att de skulle stanna kvar vid labbet och att han kommer så fort han kan. Efter 20 minuter kom Collings. Forskningsledaren tittade sig omkring och öppnade dörren och gick in i rummet, såg boxen som låg på bänken vid glasrutan och gick fram och läste lappen som låg ovanpå boxen. Han läste texten flera gånger och kliade sig på hakan när han funderade vad han skulle göra. - Vaddå Marsprov, tänkte han -är det någon som gjort ett dåligt skämt? Collings sa till vakterna att kontakta Brian Adams, som var chef för geologiska avdelning för forskningen på Mars. En halvtimme senare kom Adams och såg verkligen nyvaken ut och rufsig i håret och hade en ljudlig andhämtning, det märktes att han hade jäktat hit mitt i natten. Collings bad Adams komma in i rummet och visade boxen.

-Läs sa han. Adams läste och man såg att han blev väldigt förvirrad. Liksom Collings lästa Adams texten flera gånger och blev mer bekymrad.

-Var kom den här ifrån? Frågade Adams.

-Ingen aning, sa Collings, -den var här när vi kom. Larmet hade gått och knappen för larm var intryckt manuellt. Vakterna har undersökt videobilderna när larmet startade. Ingen människa syntes varken på bilderna eller i korridorerna på labbavdelningarna.

-Vi måste i alla fall undersöka boxen, sa Adams. -Vi kan koppla in fjärrstyrningen till robothänderna som är kopplade vid sidan av glasfönstret. Om något skulle hända så är vi långt ifrån boxen, och labbrummet är säkert tätt och tåligt, om det är någon form av sprängämnen i.

-Okey, sa Collings, vi gör så. -Gå du och förbered fjärrstyrningen. Till vakterna sa han att de stannar utanför i korridoren.

-Vi kontaktar er när vi undersökt, inte ett ljud om detta till någon på NASA eller utanför, befaller Collings.

Bägge vakterna nickade och sa att de förstått. Collings gick ut till kontrollrummet. Adams slog på fjärrstyrningen och ställde in kameran mot bänken. Han förde fram joysticken och förflyttade robothänderna och höll fast med den ena handen och med den andra lyfte upp locket. Både Adams och Collings blev överraskade då de såg tuben som såg exakt ut som deras tub. Adams lyfte upp tuben en bit och såg att det inte var något annat i boxen. Han lade tillbaka tuben och styrde robothänderna bort från boxen.

-Jag tror inte det är någon fara att gå tillbaka och fortsätta undersökning från labbrummets utsida, sa Adams.

De gick tillbaka och Adams trädde in armarna i ärmarna och lyfte upp tuben och tittade lite närmare på den. Den såg exakt ut som de tuberna som de skickat till Mars. Han lade tuben i spectralboxen för att låta maskinen göra ett första test på innehållet i tuben. Resultat visade att det var sand och grus med den karakteristiska röda färgen.

-Det här är absolut ett material som inte finns på jorden och det är vår tub, sa Adams. -Vi måste göra fler tester, men det är ingen tvekan att det är äkta.

Collings sa -Det här måste vi hålla hemligt och fundera på hur den har hamnat här.

Adams svarade att han måste ha hjälp av sina bästa forskare för att vidimera äktheten, men bara ett fåtal får veta. Collings replikerade att han måste informera ledningen för Nasa och ha ett möte med dem.

-Kan du fixa så jag får videon när vi öppnade boxen och de preliminära resultaten som du mätte upp, frågade Collings.

På eftermiddagen samlades Nasas ledning och väntade på att Collings skulle komma. De hade fått meddelande att ett genombrott hade skett med provtagning på Mars. Collings kom på utsatt tid och han var alldeles upprymd.

-Varsågod sa ordförande, du kan tala om vad som var så viktigt. Collings berättade allt vad som hade hänt på morgonen och på förmiddagen och hur testernas resultat blev. Han satte på videon så att de kunde se boxen med det skrivna meddelandet och öppnandet av boxen och när de undersökte provet. Styrelsemännen såg helt chockade ut och frågade hur detta kunde hända. Collings svarade att de hade ingen aning och de hade dessutom undersökt om det fanns några fingeravtryck på boxen eller på tuben, men de var kliniskt rena från mänskligt DNA eller fingeravtryck.

-Okey sa ordförande, ni kontrollerar tuben ytterligare en gång och om ni är säkra kan ni skriva på hemsidan att vi gjort framsteg med analyser av Marsproverna

NASAS GENOMBROTT

Mannen tittade på NASA:s hemsida då och då. Det tog säkert flera veckor innan Nasa skrev att de börjat göra ett genombrott för att ta hem tuberna med borrproverna. De förklarade inte vad de kommit fram till utan hänvisade att det var i sin linda och de skulle informera så snart de kunde. Han började förbereda sig på del två av kontakten med Nasa som skulle ske på natten USA-tid. Han skulle leverera blyasken nummer 2.

Under väntetiden innan de skrev på sin hemsida har mannen gjort några experiment med att koppla upp maskinen och ställde koordinaterna alldeles på sin egen bakgård. När bilden kommit i ramen gick han ut och tittade hur det såg ut från utsidan. Han såg inte något alls. Då provade han att sätta ut staven några centermeter ut genom fönstret och gick och tittade hur det såg ut. Mycket riktigt såg han spetsen på staven, men någon annan skulle inte märkt det. Det var bara som en liten prick som lika gärna kunde varit något litet skräp som vinden blåst i väg. Detta var vad han också hade förväntat sig.

På natten USA-tid kopplade han upp sig till samma koordinater på Nasa som förra gången. När maskinen kopplades upp var det ett starkare ljus denna gång. Han avsökte med joysticken och när han vred sakta mot dörren som gick in i rummet såg han en person som satt och vaktade.

Personen verkade vara trött och småtittade bara framför sig. Han ändrade riktning och tittade där han lämnade den förra boxen och såg att det låg ett papper med stor text.

"Vi vet inte hur boxen hamnade här, men om du eller ni skulle kontakta oss så vill vi absolut ha en dialog med er. Det var ingen tvekan att det var vårt prov som hamnat här och samtidigt är det skrämmande hur någon fått tag i vår tub. Det finns inga maskiner eller annat i närheten där tuben låg, vi har ständigt vår satellit ovanför Mars. Vi har varit tvungna att ha full beredskap här på sajten. Snälla kontakta oss! Ni kan nå oss via säker epost nasamars@nasa.gov "

Han tog på sig handskar och tog ett rent papper utan fingeravtryck och skrev: "Jag har byggt en maskin som kan förflytta mig till varsomhelst utan att lämna min byggnad. Oavsett hur långt eller nära det är. Det är en form av maskhål där jag kan förflytta mig i rummet och ingen kan se att jag är där. Det blir inga utslag av någon sort dit jag kommer så ni kan inte veta om jag är där. Jag ser vakten som sitter och vaktar vid dörren. Som ni förstår kan jag inte avslöja tekniken då den skulle vara avgörande för maktbalansen på jorden. Om något skulle hända mig så kommer allt att försvinna och aldrig kunna byggas upp igen. Men jag kan i framtiden göra tjänster som ni behöver om vi kommer överens om att inget som har med krig eller spioneri att göra. Min maskin skall komma alla till nytta på något sätt. När vi kommer överens så behöver jag lite kapital.

Jag återkommer via er e-postadress. Försöker ni spåra mig så märker jag det och sen hörs vi aldrig mer!" avslutades brevet.

Han zoomade in lite till och petade ut sitt papper ovanför deras meddelande. Vakten reagerade inte och hade inte uppsikt på bänken då dörrkarmen skymde synfältet. Då tog han gripen och tog tag i den andra boxen och la den ljudlöst ovanför papperet. Fortfarande hade inte vakten märkt något. Han kopplade ner maskinen och slutade för dagen och gick och la sig och sov.

Dagen efter undersökte han olika sätt att skicka mejl och överföringar av pengar utan att de skulle kunna spåras. Det finns säkra sätt att lägga till nycklar med ett antal siffror och bokstäver för att skydda sin identitet. Olika datorkopplingar genom flera servrar på olika platser och i olika länder gör det omöjligt att spåra mottagaren då pengarna läggs in och ut på många banker.

Han öppnade ett konto i Schweiz som skulle föra över pengar till hans egen bank i Sverige. Pengar går som sagt till en bank i ett annat land och förflyttas automatiskt till kontot i Schweiz.

På morgonen efter gick Collings till labbet och såg ytterligare en box. När han läste texten på papperet i rummet så fick Collings en chock, -det kan inte vara möjligt att någon kan färdas bortom tid och rum. Även om Einstein hade en diskussion om det i sin relativitetsteori.

23

Han kontaktade ordförande om att de fått en box till och att den som lämnat den påstår något över vad som är möjligt. Collings stod återigen framför styrelsen och läste upp vad som stod på lappen. Flera i styrelsen skakade på sina huvuden och sa, - Det kan inte vara sant! Collings sa, -det går inte att förklara på annat sätt även om all forskning säger att det är omöjligt. Vi känner inte till någon i världen som forskar på detta. Det vore omöjligt att vi inte har kunskap om någon forskning inom detta fält.

Ordförande lade fram ett förslag att kontakta presidenten då det är det största som någonsin som hänt, om maskhål nu kan vara sant.

-Vi får inte förstöra det här läget. Vi kopplar inte in FBI. Vi avvaktar vad presidenten säger.

Styrelsen beslutade enhälligt på ordförandes förslag.

Ordförande kontaktade presidenten och berättade allt. Han föreslog att man inte skulle koppla in FBI då det kunde bli en risk att de inte kunde fortsätta samarbete med den här mannen. Förhoppningen är att vi kan få del av tekniken som på sikt kan förändra vår värld.

Presidenten gav klartecken och bad dem att behandla saken med högsta sekretess.

Mannen skrev ett mejl till adressen nasamars@nasa.gov genom de säkra vägarna och frågade hur de såg på saken och om de hade sett den andra boxen.

24

Det tog inte så lång tid innan det kom ett svar. "jo, vi har sett ditt meddelande och den andra tuben. Det var viktiga forskningsresultat på dessa och kommer att ge nya kunskaper om Mars historia. Naturligtvis kan vi komma överens om ett utbyte av tjänster och det är klart att vi betalar en rimlig summa. Både ni och vi vet att kan vi få alla borrproverna så sparar vi miljarder, det ska vi inte hyckla om. Vi har varit i kontakt med president Biden och informerat. Vi har fått klartecken att samarbeta och att vi inte ska försöka något spioneri mot er. Det är klart att vi självfallet skulle vilja ha tillgång till er maskin som skulle hjälpa oss att hitta andra beboeliga planeter. Om vi får ett konto så sätter vi in en miljon dollar om vi kan komma överens om att få hit de övriga tuberna vi har på Rovern Perseverance. När vi kommer överens så programmerar vi Rovern att släppa ut de tuberna som samlats inne i Perseverance."

Han skrev ett svar att han kan hämta tuberna om de skriver koordinaterna på Mars där de lämnar dem. Han skrev också att betalning kan de komma överens om efter övriga tuber lämnats över. Svaret kom snabbt. "Vi återkommer om ett antal dagar då programmeringen av Rovern tar lång tid innan vi kan slänga dem på marken utan att Rovern kör på dem och riskera att tuberna går sönder."
Vid det här läget är han övertygad om att NASA inte skulle riskera att förstöra möjligheten till att få tuberna och som kommer att föra forskningen långt långt fram.

Under tiden i väntan på nästa mejl så fördjupade han sig i maskinens konstruktion och hur han skulle kunna bygga en större version som kan släppa igenom större maskiner och byggmaterial då forskarna vill bygga hus på Mars med 3D-teknik. Då krävs större utrymme. Men det finns ännu större genombrott som kan göras, genom att undersöka de exoplaneter som bland annat Hubbleteleskopet och den nya James Webb-teleskopet hittar. Om det finns beboeliga planeter och eventuellt om det finns liv på en annan planet. Han hade också funderat varför han fått all den kunskapen och driften att bygga maskinen. Det kan inte bara hänt, utan det var meningen att utveckla tekniken. Han var övertygad att någon utomjordisk intelligens bearbetat hans hjärna. Det är säkert meningen att vi ska hitta dem på våra premisser. Än så länge är det bara gissningar från honom.

Efter två veckor fick han ett nytt mejl:

" Vi har nu lyckats att ta ut tuberna från Rovern och lagt dem i en rad mellan Roverns spår. Det finns på Marskoodinaterna 77.40855217°, 18.45559291°."

Han gick till maskinrummet och startade maskinen och datorn och programmerade in koordinaterna och tryckte på ENTER. Återigen öppnades ett fönster som visade Mars röda sand. Han vred fönstret en bit åt höger och han såg spåren efter Rovern. En liten bit längre fram såg han Rovern och när han zoomade in mot marken låg ett antal tuber mitt emellan spåret. Han tog på sig skyddskläderna och syrgasmasken och gick in i rummet. Han tog staven och tog en tub i taget och lade i en box.

När sista tuben tagits in hade han 16 boxar på bordet. Han stängde maskinen och återigen testade han om det fanns någon strålning. Det fanns ingen farlig strålning. Han tog av sig skyddskläderna och förberedde leverans till Nasa.

Han kopplade in maskinen till samma koordinater som tidigare. När fönstret kom i gång såg han rummet som förut, men en aning ljusare. Han zoomade runt rummet och upptäckte att det fanns en liten kamera i ena hörnet. Han blev klart irriterad och stängde av maskinen. Han skrev ett mejl till Nasa: "Ni höll inte överenskommelsen, ni trodde inte jag skulle märka kameran ni hade monterat i rummet. Det blir inga leveranser av de 16 tuberna! Hur kan ni vara så dumma att riskera en forskning som kostat miljoner dollar, till ingen nytta."

Det skulle bli intressant att läsa hur de reagerar. Det tog inte länge innan de svarade: "Vi ber tusen gånger ursäkt. Vi har en säkerhetschef som inte var informerad eftersom vi ville att bara ett fåtal forskare skulle veta att vi hade fått två tuber. Säkerhetschefen satte upp kameran efter alarmet skedde första gången ni var inne i vårt labb. Han har inga bilder från er senaste inloggning, då kameran var inställd mot dörren. Vi kommer genast att ta bort kameran och har informerat säkerhetschefen att det inte får finnas kameror eller att filma den forskning som pågår i labben. Sådana filmer är en säkerhetsrisk. Återigen ber vi om ursäkt och hoppas att ni godtar den. Ingen kommer att vara i närheten av labben på natten, det lovar vi."

Trots allt verkade det vara en trovärdig ursäkt, men de skulle svettas ett tag. Han svarade inte på en gång eller kopplade upp sig till Nasa. Efter några dagar kopplade han datorn och maskinen till Nasa igen. När fönstret kom i gång var mycket riktigt kameran borttagen och ett svagt ljus lyste i labben. Han tog en box i taget och lade på bordet vid labbets fönster. När alla 16 boxarna låg på bordet kopplade han bort maskinen. På dagen efter fick han ett mejl från Nasa. " Tack för att ni litade på oss! Vi vill gärna betala för era tjänster. Om ni har något kontonummer som vi kan sätta in pengar på kommer insättningen så snabbt vi kan. Vi betalar det ni begär inom rimliga gränser."

Han svarade på deras mejl och skrev: "Det räcker med den summan som ni föreslog tidigare", och han skrev in kontonumret till den första banken. Han skrev, "jag återkommer senare om ni vill planera ytterligare projekt ni vill ha hjälp med. Jag tänker om det är någon annan exoplanet ni vill undersöka och vilka förutsättningar ni tror att man måste ha vad det gäller tryck, strålning, höjd, syre och så vidare." Han skrev att det behövs förstärkningar och större säkerhetsanordningar för okända fakta om planeterna. "Ni vet ju genom James Web teleskopet ungefärliga förhållanden. Ni kan börja planera och sammanställa de fakta ni kommer fram till och vilka riskfaktorer det kan finnas."

Han återgick till att fundera på vilka förändringar han måste göra med maskinen för att se till att ramen kan skyddas från läckage in till rummet. Han bestämde sig för att någon form av stålkonstruktion ska vara tätt mot ramen. Han ska placera ett antal kameror för att kunna se mellan plåten och ramfönstret under första uppkopplingen. Han behöver koppla olika verktyg för att mäta eventuella giftiga gaser, syra, strålning och så vidare. Han bestämde sig att hela rummet måste förstärkas och i princip vara bombsäkert och ordentlig ventilerat. Slussen kan ta bort eventuella giftiga ämnen när man lämnar rummet. Han behövde lika säkra rymdkläder som Nasa använder, och det kunde bli ett problem att få tag i. På något sätt skulle det vara möjligt om man bara betalar bra.

BETALNING AV TJÄNSTER

Några dagar efter fick han besked om insättning på bankkontot. Han överförde 400 tkr till sitt eget konto. Han funderade hur han skulle skaffa material till uppdateringen av maskinrummet och hur materialet skulle kunna komma till honom. Det måste bli någon mellanhand som han kunde lita på. Det bästa hade varit om Nasa kunde bidra med material. Han funderade länge och undersökte marknaden och kunde konstatera att det skulle bli problem att få tag i delar på öppna marknaden. Då kom han på att det inte skulle bli några problem, han kunde ju hämta materialet via maskinen.

Han kontaktade Nasa via mejl och frågade om de kunde assistera honom med nödvändig utrustning som skulle klara en okänd miljö, till exempel rymddräkt, mätinstrument osv som de kan lägga i labbrummet för vidare hämtning. Han frågade om det var någon särskild exoplanet de ville undersöka och isåfall vilka koordinater och vilken riktning det skulle vara. Efter han funderat ytterligare så konstaterade han att det fanns för många risker för honom att försöka koppla upp sig mot en så okänd plats från ett vanligt hus. De krävs större muskler och kunskaper om att ställa in koordinater och ta hänsyn till förflyttning av planeters rotation och även jordens rotation. Han bestämde sig att snabbt kontakta Nasa igen.

Han skrev ett nytt mejl att de kunde glömma den senaste förfrågan om material och att han funderar på en annan väg att gå. Han skrev att de skulle få någon form av besked inom en inte allt för lång tid. Det tog inte länge innan han fick svar: "okey, vi avvaktar men har i alla fall en beredskap vad det behövs för mätapparater osv. Om du behöver material står vi till förfogande."

Han satt vid sitt köksbord och drack kaffe och övervägde olika varianter för att gå vidare. Ett samarbete med Nasa var med i alla olika varianter. Trots allt hade han fått kunskaperna för ett större mål än att experimentera med saker som är mycket större än vad han kunde utföra ensam på ett säkert sätt. Han programmerade om maskinen så att det fanns flera skydd för att sätta igång maskinen och nycklar som måste programmeras och ett speciellt minne som kopplas in innan det är okey att starta. Slår man in felaktiga koder så raderas programmeringen och maskinen blir värdelös. Han kände att han skulle kunna köra maskinen även om fler människor skulle vara närvarande när han kopplar in maskinen. När han bestämde sig för vilket alternativ han skulle använda gick han till datorn och skrev ett meddelande till Nasa.

" Jag har funderat och undrar om vi kunde göra ett samarbete., där jag kan leda ett arbete i någon av era hallar med att bygga en större och kraftigare maskin? Det kommer att behövas största säkerhet och jag lägger in säkerhetsspärrar mot att någon försöker använda maskinen utan mig. Jag lägger också in spärrar som gör att det inte går att koppla upp sig någon annanstans än utanför jorden. Det kommer att behövas några kopplingar som bara jag kopplar och säkrar mot obehörigt öppnande av de tekniska delarna. Fördelen för er att ni kan använda tekniken, med mig, och bygga maskinen så stor att man kan frakta material till de mål man har. Det borde vara ett jättesprång för forskningen och förhoppningen från mig är att hitta liv på någon annan planet. Men, jag har ett krav och det är att projektet ska vara internationellt. Annars blir jag tvungen att skapa kontakt med de större länderna på jorden och se till att de har tillgång till samma teknik. Det här projektet ska vara positivt för alla här på jorden.

Till att börja med, kan ni eller vi se om allt fungerar och att vi gör framsteg.

Det kommer att kosta en hel del. Men att skicka raketer är mångdubbelt dyrare och idag omöjligt med avstånden till främmande planeter.

Om ni är intresserad så utse någon som håller i detta och som har rätten att besluta, och återkom till mig."

Efter några timmar kom ett svar från NASA: "Självklart kan vi göra det. Vi har fått klartecken för de utgifter som krävs, och vi har en ganska stor hall som vi kan bygga i. Det ska bli spännande att träffas, och du behöver inte vara orolig för säkerheten eller att din uppfinning ska röjas av oss. Vi har full förståelse för att du vill skydda maskinen mot missbruk.

Byggandet kommer att ske med högsta beredskap och säkerhet. I projekt av denna dignitet är det lämpligt att samarbeta med andra större länder, och det kan också bidra till att lösa de konflikter som finns idag. Vi kan utveckla detta mer när projektet kommer igång.

Det är fortfarande jag, Walter Collings, som har blivit utsedd att driva projektet, hålla i trådarna och sköta kontakten med er!"

Efter svaret från Collings skrev han ner en ritning på konstruktionens ramdelar, förutom de elektroniska kopplingarna, och skickade över måtten och instruktionerna till Collings så att de kunde påbörja installationen. Eftersom han ville att de skulle börja förbereda för etableringen av en Marsbas, bad han dem att förbereda med de installationer som NASA redan hade planerat, inklusive strålsäkra hus och kraftöverföring via solceller med mera. Skillnaden skulle vara att man skulle kunna leverera material och maskiner via en stor öppning som skulle vara fyra gånger fem meter bred, med en ramp till underdelen av ramen. Naturligtvis kommer det att ta tid att förbereda och bygga. NASA har de ekonomiska resurserna, eftersom de inte behöver bygga något rymdskepp. De kommer att behöva minst ett halvår innan ramverket är klart för installation av elektroniken.

DEN STÖRRE MASKINEN

Han förberedde sig på att beställa de komponenter och sensorer som behövdes till en mycket större maskin. Han testade också hur länge han kunde upprätthålla en anslutning till Mars innan maskhålet blev instabilt. Han kom fram till att efter fyra timmar började det flimra lite. Han bestämde att en öppning på maximalt tre timmar per gång skulle ge en tillräcklig marginal.

Han hade löpande kontakt med Collins via mejl för kompletterande instruktioner medan projektet fortgick. Han etsade de kretskort som skulle användas och de specialkopplingar som behövdes för att maskinen skulle fungera. Han skapade även en backup av programvaran för att kunna installera den på en kraftfullare dator.

Det hade varit en hektisk tid för honom, men nu kunde han ta det lugnt och leva som vanligt. Han hade inte något stort umgänge, vilket passade bra eftersom ingen undrade vad han gjorde.

Han gjorde också ett test och kopplade upp sig mot baksidan av sitt hus, som inte hade någon insyn på grund av en hög häck och skog bakom huset. Han gjorde som förra gången och stack ut en bit av staven i den högra bildrutan på maskinen. Sedan gick han till baksidan och såg spetsen som stack ut en liten bit. Han rörde med handen i området vid sidan av spetsen och stack försiktigt in den. Handen försvann in i och försvann ur rummet i maskinrummet. Det kändes ingenting, och det gick lätt att komma in.

Han försökte räkna ut varför inget från Mars kom in, med tanke på skillnaden i atmosfärstryck, och varför inget passerade igenom. Det verkade som om ett fast föremål krävdes för att öppna upp fönstret. Han gjorde flera experiment med olika förutsättningar och lärde sig gränserna. Han sprutade vatten vid sidan av stavens spets med olika tryck, men vattnet bara studsade bort från öppningen, och ingenting kom in i rummet. Nu visste han att man kunde passera åt båda hållen när maskinen var inkopplad!

En dag när han satt och läste tidningen om kriget i Ukraina fick han en vild idé. Han funderade på den och bestämde sig för att undersöka saken. Han slog upp en historiebok och tittade på ritningar över Kremlpalatsen i Moskva för att se var de olika rummen fanns. Det var lätt att hitta koordinater för platsen, och han kopplade upp sig mot dem. När maskinen startade såg han en stor, folktom sal. Han studerade var dörrarna fanns och noterade avstånden mellan dem. Han kopplade ner och kopplade upp igen, denna gång med justerade koordinater. Då framträdde ett rum som såg privat ut. Det fanns ytterligare en dörr som stod öppen, och han styrde fram till dörren för att titta in. Tvärs över rummet satt en vakt på en stol och läste ett magasin. Han uppskattade avståndet till dörren och lade till två meter ytterligare. När han kopplade upp sig igen hamnade han i ett sovrum där ett par låg och sov. Han såg genast att mannen var Putin. Han stängde av maskinen och noterade koordinaterna för sovrummet. Om han hade varit en annan sorts människa kanske han hade tagit chansen att göra sig av med Putin, men han visste att det inte skulle ha förbättrat situationen för Ukraina. En ny ledare skulle bara fortsätta kriget. Det kunde finnas ett annat sätt. Men det fick bli en annan gång.

RESAN TILL USA

När han vaknade nästa dag packade han en väska och bokade ett flyg till Stockholm, och därifrån vidare till New York i USA. Han tog bilen till Luleå och parkerade på långtidsparkeringen. Efter att ha gått igenom säkerhetskontrollen köpte han en smörgås och en stor kopp kaffe på kaféet. Medan han fikade studerade han människorna som gick förbi; han såg några som verkade nervösa och stressade, samt andra som uppenbart var vana resenärer. Han tittade på informationsskärmen och såg att det var dags att gå till gate 2.

Vid ankomsten till Arlanda åt han lunch på Sky City och gick sedan till utrikeshallen för att ta sig till gaten där planet till New York skulle avgå. Nu väntade en resa på åtta timmar. En stor del av resan sov han och var ganska utvilad vid ankomsten. Han tog ytterligare ett flyg till Houston. Vid ankomsten checkade han in på ett hotell nära Space Center. Dagen efter tog han kontakt med en mäklare för att titta på hus som låg någorlunda nära NASA anläggning. De hade ett antal hus som låg avskilt från andra fastigheter. Han sökte ett något större hus med rejält källarutrymme. Han köpte ett hus som låg en halvtimmes bilfärd från NASA center. Han tecknade avtal med ett företag som installerade säkerhetslarm och skötte utemiljön. En montör kom och installerade bredband på övervåningen; källaren kopplade han själv. Han mätte upp koordinaterna i källaren för framtida bruk.

När han kom hem efter resan till USA började han att koppla upp sig mot husets källare i det nyinköpta huset. Han bar in kartongerna med utrustning, verktyg och alla elektroniska komponenter som han hade köpt. Han skaffade delar för att bygga en kopia av maskinen, så att han kunde använda den från källaren i huset. Nästa gång han reser till Houston planerar han att montera delarna och bygga ett separat rum för maskinen och datorn.

UTPRESSNINGEN

En natt några veckor senare startade han maskinen med koordinaterna från sovrummet i Moskva. När bilden kom upp hade han tur; det var bara Putin som sov i sängen. Han zoomade in på Putins ansikte och tog ett rör kopplat till en sprayburk med en gas som orsakar sömn, och sprutade. Gasen är inte farlig, men om man andas in den blir man sövd i minst tre timmar.

Han tog tag under armarna och drog in Putin i rummet, lade honom på en brits och fäste honom med handbojor. Han visste att Putin hade svart bälte i judo, så han var noga med att vara försiktig.

Efter cirka tre timmar började Putin röra på sig och vakna. När han öppnade ögonen såg han sig omkring och började skrika en massa svordomar på ryska, antog han. Mannen väntade en stund och sade på engelska att Putin skulle lugna ner sig och att han inte skulle skadas.

Putin fortsatte att prata på ryska, och mannen upprepade budskapet på engelska. Till slut satt Putin tyst och tittade på honom. Putin verkade nervös och långt ifrån tuff.

Mannen reste sig och gick mot dörren. Då ropade Putin, "Vänta, stanna, förklara varför jag är här mot min vilja." Han sa det på engelska den här gången.

Mannen vände sig om och satte sig på en stol ett par meter från Putin.

Han sade:

"Hela världen vill straffa dig för det du gör mot Ukraina, och jag skulle kunna överlämna dig till Haag för att åtalas för brott mot mänskligheten. Men jag tänker inte göra det om vi kan komma överens om något." Putin såg på honom med uppenbar rädsla.

Han frågade mannen vad överenskommelsen skulle innebära.

Mannen svarade:

"Du ska beordra dina arméer att dra sig tillbaka från hela Ukraina och offentligt be om ursäkt för kriget och säga att det har gått överstyr. Du ska också lova att betala ett krigsskadestånd för återuppbyggnaden av Ukraina."

Putin svarade att han aldrig skulle gå med på det. Han menade att även om han skulle skadas eller fängslas, skulle någon annan ta över.

Mannen sade att han skulle visa Putin något som skulle få honom att lova. Han startade maskinen igen och kopplade upp sig mot Putins sovrum. Många människor sökte igenom rummet och verkade oroliga.

Mannen sade till Putin att det var meningslöst att skrika; de skulle varken höra eller se något. Han kopplade ur maskinen, programmerade nya koordinater och kopplade på igen. Den här gången visade bilden Mars med spåren från Rover och Perseverance längre fram. Mannen gick fram till bilden och demonstrerade genom att placera en röd boll mellan spåren och sedan dra tillbaka staven. Putin stirrade och verkade mycket förvirrad.

Mannen fortsatte:

"Den här maskinen kan jag styra var som helst utan att själv synas. Det bildas ett maskhål, och jag är den enda som kan använda det. Jag har arrangerat så att USA får tillgång till tekniken om något skulle hända mig. Du kan tänka dig vad jag skulle kunna göra mot dig och ditt land. Jag kan placera bomber, giftig gas, eller vad som helst du kan tänka dig. Jag har kontakt med NASA och har visat dem tekniken; vi kommer att inleda ett forskningssamarbete om rymdutforskning. Men jag har ställt krav på att maskinen inte får användas mot någon plats på jorden, det är endast jag som kan göra det. Jag har också sagt att forskningen ska ske tillsammans med de större länderna, annars blir det inget. Just nu bygger NASA en anläggning som är mycket större än den här maskinen. Om Ryssland vill vara med i projektet måste du besluta dig nu. Annars kan jag inte garantera att vi inte kommer att slå till mot er armé och ledning."

Putin insåg att han befann sig i en omöjlig situation och sade efter en lång stund av tystnad att han skulle gå med på kraven om han fick amnesti för de brott hans armé hade begått. Mannen svarade att han skulle ställa detta krav på USA och övriga länder.

"Jag kommer att släppa dig tillbaka, och om inget förändras inom en vecka kommer vår överenskommelse inte att gälla. Då hjälper det dig inte att titta över axeln, för du kommer inte att se vad som händer!"

Putin svarade att han skulle göra som mannen sagt. Innan Putin hann reagera sprutade mannen sömnmedel på honom, och Putin sjönk ihop omedelbart. Mannen satte igång maskinen och testade i det första rummet i Kreml. Där var det ingen närvaro av människor. Han bar Putin till fönstret och lade honom försiktigt på golvet.

Sedan stängde mannen av maskinen och gick till köket för att ta en kopp kaffe. Han hoppades att han hade gjort rätt för världsfreden genom att inte skada honom.

VÄRLDSFREDEN

På den fjärde dagen efteråt var det stora rubriker om att Ryssland hade dragit sig ur Ukraina och även från Krimhalvön. Människor över hela världen fick se Putin på TV där han bad om ursäkt och meddelade att Ryssland skulle betala för återuppbyggnaden av Ukraina. Alla tv-stationer spekulerade om varför Putin hade gjort detta och om han kanske blivit sjuk. Det var en lycklig dag för Ukrainas president, som blev intervjuad och sade att han var beredd att diskutera vidare med Putin.

Mannen skickade ett mejl till Collings och förklarade vad han hade gjort. Han nämnde att Ryssland också skulle få vara med i projektet och krävde att USA skulle arbeta för att ge Putin amnesti. "Det är den enda vägen framåt," skrev han i mejlet.

När Collings fick mejlet blev han mycket förvånad. Först då insåg han den enorma makten som mannens uppfinning hade. Allt kunde förändras i världen, och nu förstod han verkligen varför mannen varit så försiktig med att låta andra styra den nya tekniken. Det fanns också en risk att mannen skulle gå för långt och utveckla storhetsvansinne. Collings informerade styrelsen om varför Putin hade avslutat kriget mot Ukraina. Styrelsen i sin tur informerade presidenten. Hela maktbalansen kunde nu ställas på ända! Trots detta beslutades det att fortsätta med projektet, och presidenten tog kontakt med Putin samt Kinas president och föreslog ett samarbete om rymdprogrammet. De skulle även utse forskare som kunde delta i projektet för hela jordens bästa. Visionen var att använda projektet för att hantera klimatförändringar och överbefolkning, med förhoppningen att hitta en planet där man också skulle kunna bo. Först och främst skulle Marsprojektet fungera som en början på ett samarbete mellan olika länder och användas som en utpost för vidare forskning. Presidenten föreslog att Putin skulle få amnesti. En månad senare hade diskussionerna och debatterna om varför Putin hade avslutat kriget och gett upp klingat av. Nyheten om att USA, Kina, Ryssland, Indien och Brasilien hade kommit överens om att samarbeta med forskningen om Mars historia och så småningom placera forskare där blev mycket uppmärksammad. Det blev en stor händelse bland ledare i alla dessa länder; istället för en kapplöpning om rymden skulle man nu samarbeta.

Mannen fick besked från Collings att byggandet av den nya maskinhallen skulle bli klart om några dagar. Han svarade att han skulle kontakta honom om tre till fyra dagar. Han bokade ett flyg till dagen efter från Luleå till Houston. Dagen efter körde han sin bil och parkerade på långtidsparkeringen vid Kallax.

SPACE CENTER

Flygresan till Houston gick bra utan några förseningar. Han åkte direkt till en affär, köpte de varor han behövde och åkte sedan vidare till huset. När han kom fram kokade han kaffe och slappnade av, då han var lite trött efter resan. Han vilade en stund.

Dagen efter var han helt återställd. Han gick ner i källaren, packade upp lådorna och började montera ramen samt installera elektroniken. Han drog ner en kabel till källaren och kopplade in bredbandet till datorn.

Sedan beställde han en taxi och åkte till en bilfirma, där han köpte en begagnad Tesla och en el-laddare som han kopplade in i garaget. Han startade datorn och skrev ett mejl till Collings:

"Jag är i Houston nu och planerar att komma till er imorgon. Mitt namn är Lars Jansson och jag behöver en legitimation för att få tillgång till ert område. Jag räknar med att kunna köra in med min bil och parkera nära hallen, då jag har med mig en del utrustning!"

Efter några minuter fick han svar från Collings:

"Det var trevliga nyheter, det ska bli kul att träffas. När du kommer till grinden, säg ditt namn så får du ett passerkort som vi senare kan komplettera med ett foto för att undvika problem inom området. En väktare kommer att visa dig vägen till hallen. Jag kommer att vara där hela dagen. Du är välkommen."

Dagen efter körde han ut bilen från garaget och aktiverade larmet för huset via fjärrkontrollen.

Han ställde in GPS

i bilen till huvudingången till Space Center och körde iväg. När han kom

fram till grinden visade han sitt körkort för vakten som kom till bilen.

Vakten tackade och lämnade tillbaka körkortet och bad honom köra

efter till parkeringen utanför hallen. Han följde efter vakten och när de

stannade, pekade vakten på en parkeringsplats vid byggnadens vägg.

Han parkerade, låste bilen och följde med vakten till en dörr som han

öppnade. Innanför stod en man som sträckte fram handen och sade:

"Välkommen, jag är Alex Collings. Jag ska visa dig runt!"

Lars tackade vakten och följde med Collings. När de gick igenom

byggnaden förklarade Collings vad de olika rummen hade för funktioner

och visade var matserveringen fanns. Han informerade att serveringen

var öppen från klockan sju på morgonen till åtta på kvällen. De fortsatte

genom korridoren tills de kom till den stora hallen där ramen var

placerad på den motsatta väggen. Collings pekade till vänster, vid hörnet

där de stod, på en dörr med ett stort fönster bredvid.

"Där är ett stort kontor som du kan använda. Det är utrustat med

datorer, datorkopplingar och skrivare. Alla kopplingar är säkra från

intrång. Det finns inga kameror eller annat som kan övervaka vad du gör

här. Fönstret kan du täcka med jalusier. Och tredje dörren där borta är

mitt kontor," sa Collings medan han pekade mot dörren.

De gick vidare till ramen där Collings visade en stålram som var utbyggd

från väggen. Han förklarade att den kunde stängas framför ramen för att

förhindra att något farligt skulle komma ut i rummet när man kopplade upp. När den var stängd var det helt lufttätt mellan ramen och hallen. Det fanns givare och olika mätverktyg, samt flera kameror som övervakade ramen. Collings berättade att det var förberett så att Lars kunde koppla in utrustning via en kabeltrumma som var placerad innanför stålväggen. Detta skulle möjliggöra styrning och avläsning av de värden som registrerades. Han förklarade att när Lars skulle montera elektroniken, kunde han från sitt kontor trycka på en knapp som tände en blinkande tavla vid väggarna, vilket signalerade att hallen måste utrymmas. En röd lampa utanför dörren vid ingången till hallen skulle också lysa. Under dessa förhållanden skulle Lars kunna koppla utan insyn från någon. Collings garanterade att inga kameror skulle vara aktiva så länge tavlan och den röda lampan var igång, enligt de förutsättningar de tidigare hade diskuterat.

Lars tackade för rundvandringen och föreslog att de skulle sätta sig i matsalen för en fika och en pratstund.

"Det var modigt av dig att prata med Putin. Du har verkligen gjort en välgärning för hela världen," sa Collings.

"Jag ville också visa hur farlig denna uppfinning kan vara om den hamnar i fel händer. Därför har jag varit så försiktig. För att skydda mig själv och andra har jag vidtagit säkerhetsåtgärder som förhindrar att maskinen kan startas. Om någon försöker, kommer den inte att fungera; vitala delar förstörs," svarade Lars.

"Enligt min mening har du agerat helt rätt. Tekniken är skrämmande. Det är viktigt att du också använder den på rätt sätt och inte utnyttjar den för egna syften," sade Collings.

"Det jag gjorde med Putin var verkligen ett undantag för att ryssarna också skulle kunna delta i projektet. Vi kan inte tillåta att något enskilt land kontrollerar en sådan teknik. Jag har fått dessa kunskaper på ett märkligt sätt! Jag tror att jag blev utvald och att dessa kunskaper överfördes till mig. Jag hade en kraftig huvudvärk och såg ett bländande ljus. Varför jag blev utvald vet jag inte. Min teori är att det kommer från någon annan livsform, eftersom jag alltid varit intresserad av rymden och ny teknik. Jag har en stark känsla av att jag kommer att få mer information om detta på något sätt," berättade Lars.

– Det var intressant! Vi har undrat varför det inte har rapporterats om någon framstående forskning inom detta område tidigare. Nu är det viktigt att du är säker. Om du vill kan vi ordna skydd för dig, sa Collings.

– Nej, tack! Jag vill inte ha något skydd. Därför har jag varit hemlighetsfull, och det är viktigt att inte många känner till mig. Har du informerat styrelsen om mitt namn? frågade Lars.

– Det gick så snabbt när du hörde av dig, så jag hann bara informera vakten om ditt namn. Ingen annan vet om det i nuläget, svarade Collings.

– Jag skulle vara tacksam om inte för många känner till mitt namn. Här på anläggningen kan jag agera som en tekniker som installerar utrustning. Är det okej för er? frågade Lars.

– Absolut, vi kommer att se till att endast en liten krets personer är medvetna om uppkopplingen och att du har ansvaret. Jag har förstått att du inte är härifrån landet. När du pratar verkar du komma från Skandinavien. Har du något boende här i Houston? frågade Collings.

– Jag har köpt ett hus en bit härifrån. De pengar ni överförde har hjälpt mig att ordna boende och bil, bland annat, svarade Lars.

– På tal om det, vi tänker betala en konsultavgift till dig månatligen. Vi hade tänkt 50 000 dollar per månad. Är det okej, eller tycker du att det är för lite? frågade Collings.

– Det räcker mer än väl för mig, men okej. Jag kommer att köpa in dyr elektronik och delar. Ni har mitt konto, svarade Lars.

Lars började installera kablarna som skulle kopplas till ramen och satte upp dem på en mycket kraftfull dator som han hade köpt. Datorn var utrustad med flera säkerhetslås och en robust brandvägg när han hämtade data från NASAs datasystem.

Dagen efter började han montera de elektroniska komponenterna i ramen och kopplade in kablarna till datorn. Han hade räknat ut hur mycket ström som skulle krävas för att driva maskinen, eftersom den var många gånger större än den tidigare modellen. När han utförde installationerna såg han till att ingen annan tekniker var i hallen genom att trycka på en knapp som aktiverade utrymningssignalen. Han ställde in koordinaterna till sitt hus i Sverige och tryckte på ENTER. Den stora ramen fylldes med bilder från hans maskinrum, nästan snabbare än den mindre maskinen. Han gick fram till ramen, tog en lättmetallstång och tryckte den genom bilden; den gick igenom och omslöts av bilden. Han testade att stänga den yttre stålramen och såg på monitorerna att rummet var tydligt synligt. Han öppnade stålramen och stängde av maskinen, nöjd med att allt fungerade som det skulle. Han stängde av varningslamporna, och teknikerna kunde återuppta sitt arbete.

Bryggan till ramen hade byggts färdigt, vilket gjorde det möjligt att köra in fordon genom ramen. Lars kontaktade Collings och meddelade att maskinen fungerade och att det nu var upp till honom att besluta om nästa steg.

Collings berättade för Lars vad de planerade att göra. Först skulle de testa med ett fjärrstyrt litet fordon som skulle köras en bit på Mars yta för att mäta sandens konsistens och bärighet. Han planerade också att bjuda in två forskare från varje deltagande land, inklusive Indien och Sverige.

Under veckan anlände forskare från olika länder. När alla hade kommit sammanställde Collings dem i ett konferensrum och förklarade förutsättningarna och säkerhetsåtgärderna. Alla fick skriva på sekretessavtal för att skydda information om tekniken och de kommande uppdragen. Collings genomgick även vad USA planerade att installera på Mars och varje representant fick beskriva sina forskningsmål. Tidigare hade Collings kommit överens med respektive land om att dela kostnaderna baserat på ländernas storlek och ekonomi. För samtliga skulle det vara mycket billigare än den egna forskningen.

Lars presenterades som koordinator med ansvar för uppkopplingarna till

Mars och säkerhetsmätdata. Collings betonade att ingen fick röra eller stå bakom honom när han styrde maskinen, men de kunde meddela om de hade specifika platser på Mars där de ville installera något.

Efter genomgången gick alla till hallen och ställde sig långt ifrån ramen. Lars kopplade in datorn, ställde in koordinaterna till Mars där Rovern befann sig och tryckte på ENTER. När bilden kom fram hördes ett sus bland forskarna. Lars tog joysticken och vred sikten åt sidan så att de kunde se spåren efter Rovern. Sedan vred han 180 grader och visade Rovern på plats. Efter en stund närmade sig forskarna och såg frågande och förvånade på ramen. Lars tog staven han hade testat tidigare, stack in den i bilden och skrapade på marken. När han drog tillbaka staven visade märkena på marken, vilket framkallade ytterligare ett sus.

Collings tog till orda: – Som ni ser är vi nu kopplade till Mars på specifika koordinater. Det är nu möjligt att ta sig dit med rätt utrustning. Imorgon tänker vi köra in med en fjärrstyrd minitraktor för att mäta sandens konsistens och bärighet. Vid varje uppkoppling är det viktigt att ha en noggrann planering och förberedelse, eftersom fönstret kommer att vara öppet i högst tre timmar. Tillsammans med traktorn kommer en stark sändare att placeras vid sidan om traktorn, vilket gör att vi kan testa fjärrstyrning från jorden.

Lars satt bakom datorn och stängde av maskinen. Det blev tydligt att de flesta var mycket spända; man såg hur de andades ut i lättnad.

Dagen därpå stod alla i hallen igen, och nu hade en mindre batteridriven frontlastare med utrustning i skopan placerats där. När maskinen startade, kom en tekniker med en handhållen sändare och körde försiktigt mot ramen, där bildens underkant var precis vid marken. Teknikern körde långsamt in i bilden och fortsatte framåt. Lars vinklade upp bilden något, och man såg frontlastarens baksida. Teknikern styrde den lite åt vänster och tippade utrustningen, som gled långsamt ner i den röda sanden. Teknikern tryckte på en knapp och en svag lampa började blinka på sändaren. En solcell vecklade ut sig för att hålla sändaren igång och ladda batteriet.

Teknikern backade sedan undan maskinen en bit och startade mätinstrumenten som var monterade på traktorns undersida och sidor. På monitorerna bredvid ramen visades olika mätvärden om sandens konsistens och markens hårdhet. Även traktorn hade solceller på taket för laddning, och ett rör på taket kunde styra bort grus som vinden lagt på solcellerna, samt från sändarens solcell. De lyckades koppla upp sig till traktorn och kunde fjärrstyra från jorden med en fördröjning på minst tio minuter. Kamerorna på traktorn visade bilder åt alla håll. När Lars stängde ner maskinen försvann bilden, och Collings konstaterade att allt fungerade som planerat.

Under de följande dagarna lastades utrustning av på olika platser på Mars. Till exempel hade Kina en rover på nästan andra sidan av Mars, vilket innebar att de hade dagsljus vid olika tider på Marsdygnet.

För att göra en lång historia kort installerades många olika projekt på Mars yta. Ibland inträffade sandstormar, och då fick man vänta tills de var över. Tidigare planer inkluderade att bygga byggnader med en jättestor 3D-skrivare och använda material från Mars yta. Men istället kunde de leverera material från jorden till skrivaren. Större maskiner utförde markarbeten för att byggnaderna skulle vara ordentligt förankrade på Mars yta. Skrivaren byggde flera byggnader med väggar som skyddade mot strålning. Inuti den stora byggnaden byggdes även mellanväggar för sovrum åt de som skulle arbeta där. De utvecklade också olika fordon som var strålsäkra och lämpliga för Mars yta. Mycket av byggandet gjordes med hjälp av robotar som placerade ut mätverktyg och solcellsparker för att leverera tillräckligt med ström till byggnaderna. Material till inredning, som dörrar och belysning, kunde levereras direkt in i byggnaden när maskinen kopplades till de aktuella koordinaterna.

Det fanns flera system för att säkerställa att byggnaderna hade syre och att det inte blev läckage genom säkerhetsdörrar.

För säkerhets skull installerades en liten maskin med ram som kunde kopplas upp till NASA, så att personalen på Mars skulle kunna evakueras vid nödsituationer.

Lars programmerade datorn så att man genom en knapp kunde koppla upp sig till projektplatserna utan att han behövde vara närvarande. Men endast dessa platser kunde kopplas upp till. I en annan del av hallen monterade han en mindre ram som kunde användas för att transportera personal till och från Mars. Den stora ramen kommer att behövas för andra projekt

SÖKANDE AV EXOPLANETER

Det var dags att påbörja det viktigaste uppdraget: att identifiera potentiella beboeliga planeter med syre, om sådana överhuvudtaget fanns. Eftersom vi inte kunde förutse vilka förutsättningar som rådde på de olika planeterna, var det av största vikt att vi upprätthöll den högsta säkerheten med stålskivan framför ramen.

De länder som forskat och undersökt planeter delade sina erfarenheter och fakta om var i universum det troligen fanns planeter som kunde vara intressanta att undersöka. Problemet var att mäta exakta koordinater över ljusårs avstånd; det fanns inga instrument som kunde mäta sådana enorma avstånd med tillräcklig precision. Lösningen var att flytta teleskop ut i Vintergatan för att kunna mäta avstånd med noggrannhet på några meters avvikelser.

Forskarna beslutade att exoplaneten Europa kunde vara en bra början. Vad man vet är att det är en isplanet med förmodligen stora oceaner under ytan, men den bedömdes inte vara beboelig för människor. Däremot kunde det vara värt att undersöka solens närmaste grannstjärna, Proxima Centauri, och de planeter som befann sig inom det beboeliga avståndet från denna stjärna.

Forskarna sammanställde uppgifter om exoplaneten Europa och det var möjligt att med stor precision bestämma koordinaterna till ytan med några meters noggrannhet. Teoretiskt sett skulle det vara säkert att koppla upp sig dit med stålskyddet aktivt framför ramen. Innan uppkopplingen skulle de nya teleskopen, som var under utveckling, levereras till Space Center för att säkerställa att mätningarna skulle bli så exakta som möjligt.

MOT EUROPA

När alla delar och teleskop hade anlänt till hallen, planerade forskarna hur de skulle placera dem på Europas yta. De behövde förankra och kalibrera utrustningen för att undersöka området runt Proxima Centauri och studera de planeter som fanns inom det beboeliga området från stjärnan. Ett relä för radiosignaler, som skulle sända bilder och mätvärden till jorden, skulle också placeras.

Lars startade maskinen och ställde in riktningen, avståndet och några koordinater till Europa. Alla ansvariga forskare, som hade kunskaper om planeter, var samlade. När ramen startade och bilden flimrade igång visade monitorerna enbart en vit skärm. Inga konstiga mätvärden syntes. Lars tryckte på knappen för att dra undan stålskivan framför ramen. Det fanns inga konturer alls, vilket gjorde dem osäkra på om det var snö eller is. Lars styrde maskinen närmare ytan, och när det verkade som om det var vid ytan, gick en av forskarna fram, tog en stav och tryckte mot det vita. Staven gick bara ner några centimeter innan det tog emot. Forskaren skrapade lite fram och tillbaka och drog sedan tillbaka staven till hallen. Nu kunde de se spåren i snön. Enligt mätvärdena fanns det lite syre i luften, men inte tillräckligt för en människa. Strålningen var dock mycket låg.

Med fjärrstyrning skickade de ut utrustning som radar och andra mätinstrument samt en hjulförsedd borrmaskin för att ta markprov. De körde ut två teleskop: ett för det synliga ljuset och ett för infrarött ljus. Teleskopen var utrustade med tuber för att mäta ljud i olika frekvenser. Ett relä för dataöverföring monterades också på plats. Teleskopen programmerades för att långsamt söka av rymden så långt det var möjligt. De skulle analysera data i efterhand för att dra slutsatser om vad som observerats.

Om dataöverföringen inte fungerade, skulle de koppla upp sig och överföra data genom ramen. Med stor eftersläpning kom mätdata via sändningarna från Europa. De kopplade in maskinen då och då för att överföra stora mängder data, bilder och videor.

Det var så mycket nya data att forskarna arbetade i ett halvår med analyser och strategier för framtiden. Under tiden befann sig Lars i Sverige då och då, via maskinerna.

SLUTSATSER FRÅN PLANETEN EUROPA

När forskarna hade analyserat miljontals mätvärden och bilder kom de till en preliminär slutsats att det fanns oceaner under isen på Europa. På vissa ställen var isen flera kilometer tjock, medan den på andra ställen bara var hundra meter tjock. Oceanforskarna hade tidigare spekulerat i att det skulle kunna finnas flytande vatten under istäcket, eftersom planetens kärna upprätthöll en värme som kunde hålla vattnet flytande. Genom borrningar på de platser där isen var tunnare kunde de undersöka vattnet. Det visade sig vara saltvatten, liknande jordens hav.

Ett av de största genombrotten var att de hade hittat bakterier och spår av liv i vattnet, även om inga större livsformer hade upptäckts än. Forskarna trodde att det var möjligt att det fanns större organismer på större djup, där vattnets temperatur var varmare. Ovanför ytan var det minus 50 grader, men det skulle vara möjligt att borra ett större hål för att sänka ner en mindre fjärrstyrd robot och göra ytterligare undersökningar.

När det gällde data från teleskopen hade de fått en tydlig bild av planeterna runt Proxima Centauri. De hade dock inte hittat någon planet som låg på det perfekta avståndet från stjärnan för att vara beboelig. Några planeter låg utanför den beboeliga zonen och några andra var för nära stjärnan och hade därför för höga temperaturer. Trots detta studerade de dessa planeter noggrant så gott det gick, med tanke på de stora avstånden.

Lars gick omkring med en gnagande känsla att det borde finnas planeter i den beboeliga zonen. Det verkade ologiskt att det inte skulle finnas några. Han tänkte att de stora planeterna som de observerade kanske skymde mindre planeter som låg bakom dem. Denna känsla höll i sig i flera veckor, och forskarna försökte alla möjliga sätt att se bredvid de stora planeterna för att hitta något nytt.

En morgon när Lars vaknade fick han plötsligt upp en massa koordinater och riktningar i sitt huvud. Han skrev ner dem och kände att det kunde vara värt att undersöka. När han kom till Space Center bad han forskarna att rikta teleskopen mot de koordinater han hade noterat.

När han satt i matsalen och åt lunch kom en av forskarna springande mot honom, skakande av upphetsning. Med upphetsad röst sa forskaren: "Det fanns en planet där du hade skrivit ner koordinaterna! Den verkar vara dubbelt så stor som jorden och ligger i den beboeliga zonen, lite närmare sin sol än vad jorden är till vår sol. Den borde ha ett tropiskt klimat, men vi vet ännu inte om det finns liv där. Men det är den enda planet vi har studerat som har en sådan teoretisk chans till liv. Nu fortsätter vi att analysera," avslutade han. Lars tackade för informationen och tänkte: "De, eller vad det nu är som programmerat mig, har placerat dessa kunskaper djupt inne i mitt huvud."

Lars följde med forskaren tillbaka till hallen och märkte den glädje som spred sig bland de övriga forskarna, som pratade i mun på varandra.

Några kom fram till honom och gratulerade, och frågade hur han hade kunnat veta detta. Lars svarade att han hade gissat att det borde finnas något som var delvis skymt.

Baserat på de upptäckta fakta fortsatte de att noggrant mäta avståndet från Europa till den nya planeten. De kom fram till en riktning och ett mål, men det var svårt att få exakta koordinater på planetens yta. Förslaget var att koppla upp sig utanför planeten och göra en mätning därifrån.

Lars ställde in de nödvändiga värdena och säkerställde att stålplåten framför ramen var stängd. Han aktiverade monitorerna och tryckte på ENTER. På skärmen såg de en blå planet, som såg ut att ha stora hav. De mätte upp det exakta avståndet till planetens marknivå och justerade inställningarna för att kunna nå dit från rymden. Lars kopplade ner systemet och förberedde sig för nästa steg

Nästa dag kopplade de upp till de koordinater de hade räknat ut dagen innan. När bilden kom fram såg de en skog i fjärran. Mätningarna visade att det fanns syre på en nivå något högre än på jorden, vilket inte var farligt, snarare tvärtom. Gravitationen var också starkare än på jorden, men inte så mycket att det skulle innebära någon fara; man skulle bara känna sig lite tyngre, och den högre syrehalten i luften skulle kompensera för det. De kunde inte uppmäta några farliga ämnen i övrigt. Lars öppnade plåten framför ramen, och nu såg de landskapet ännu bättre och tydligare. Temperaturmätaren visade 30 grader i solen.

Framför dem sträckte sig en tropisk djungel med högt gräs och ovanligt höga träd.

Lars svängde långsamt bilden åt höger och såg en slätt med enstaka träd. När han fortsatte att vrida ytterligare, ungefär 180 grader från ursprungsläget, såg de stora berg i horisonten, med några toppar täckta av snö. Forskarna, som redan varit uppspelta innan kontakten, blev nu än mer överväldigade av vad de såg. Det här var en upptäckt av historiska mått, kanske den största i mänsklighetens historia. Tankarna svindlade över vad detta kunde innebära, både möjligheterna och riskerna i denna nya värld. Frågorna hopade sig: Vilken sorts liv fanns där? Hur långt hade evolutionen gått? De spelade in videor av landskapet utanför ramen och beslutade att stänga ner och planera noga vad deras nästa steg skulle vara.

Några dagar senare samlades alla forskare, presidenter och premiärministrar från de inblandade länderna på Space Center. De samlades i konferensrummet, där Collings redogjorde för alla upptäckter, inklusive den på Europa. Men huvudnyheten var ändå att de hade hittat en planet som potentiellt var beboelig. Alla statscheferna gratulerade till framgångarna och meddelade att de skulle finansiera allt som behövdes för fortsatta expeditioner.

Collings meddelade att alla deltagande länder skulle få utse forskare att ta med till den nya världen samt ett antal militärer som kunde fungera som fredsbevarande styrkor för att skydda forskarna. Han betonade att detta inte handlade om att gå in och skjuta på någon eller något, eftersom de ännu inte kunde vara säkra på vilka som dominerade världen. Även en myra kunde visa sig vara den högsta intelligensen på denna planet. Han underströk vikten av att närma sig försiktigt och föreslog att de skulle skapa ett basläger nära den plats där de först kopplade upp sig. Förslaget var att använda fredliga drönare för att undersöka närområdet och samla mer data.

Han avslutade med att berätta att forskarna skulle ha ett möte dagen efter för att planera hur de skulle gå vidare

BASLÄGRET

Planeringen var klar, och de var redo att överföra material till planeten. De hade förberett allt de kunde tänkas behöva. Lars kopplade in maskinen, ställde in riktningarna och koordinaterna, och tryckte på ENTER. I fönstret såg de platsen där de senast hade varit. De små elektriska lastmaskinerna körde ut lådor, verktyg och diverse mätinstrument. De hade även containrar som hade inretts till olika laboratorier. För att säkra energiförsörjningen satte de upp flera solpaneler som skulle leverera ström till all utrustning och ladda de elektriska maskinerna. Utanför baslägret installerade de sensorer som kunde varna om något eller någon närmade sig.

De konstaterade att denna planet roterade långsammare runt sin sol. Ett dygn var 27 timmar långt, eftersom den här planeten var dubbelt så stor som jorden. De inhägnade baslägret med starka staket och installerade en port som kunde öppnas och stängas när de behövde lämna området för att rekognosera i närområdet.

På avstånd kunde de höra ljud från fåglar och se något röra sig i luften. Biologerna förberedde sig för sina tester av marken och började undersöka träden som låg en bit bort. Vegetationen runt träden var tät, vilket begränsade sikten. De visste att de behövde vara försiktiga eftersom det kunde finnas faror de inte var medvetna om. Soldaterna tog position med utsikt över både träden och stäppen vid sidan av baslägret. Det bestämdes att forskare alltid skulle ha minst två soldater med sig när de arbetade utanför lägret.

Ett team hade uppgiften att använda mindre drönare för att kartlägga närområdet kring baslägret. Deras första prioritet var att rekognosera i närheten, men planen var att gradvis utforska allt längre bort. De skulle steg för steg upprätta kartor över området för framtida expeditioner.

I en av containrarna hade de installerat en ram med en tillhörande maskin. Denna var förenklad, och det räckte med att slå på strömmen för att datorn automatiskt skulle kalibrera riktningen och koordinaterna tillbaka till mitten av hallen på jorden. Alla i lägret hade en kommunikationsenhet för att kunna sända och ta emot meddelanden.

Varannan dag skulle de öppna en kommunikationslänk för att överföra data, videor och annan information till forskarna som var kvar på jorden.

När forskningsledaren Collings hade kontrollerat att allt var monterat och fungerade som planerat, gav han klartecken för att de kunde börja utforska denna nya värld

UTFORSKANDET AV PLANETEN

Biologerna var de första som gick ut för att ta prover på marken och växterna. De rörde sig mot skogskanten och samlade in prover från träden, inklusive bark, löv och barrliknande blad som var nästan en halv meter långa. På marken upptäckte de spår som liknade både klövar och tassar, vilket förbryllade dem. De fotograferade spåren för senare analys. När de återvände till baslägret kände de sig ovanligt trötta, en effekt av den högre gravitationen som gjorde att deras kroppar kändes tyngre.

Drönarteamen spred ut sina enheter enligt ett förutbestämt mönster. När de flög över skogen kunde de bara se marken på några få platser. Vid ett tillfälle skrämde de upp en stor fågel med en vingbredd på över en meter och en kraftig kropp. På jorden skulle den förmodligen ha haft svårt att flyga med en sådan kroppsstorlek, men den högre syrehalten här gjorde det möjligt.

Drönarna som flög mot stäppen upptäckte några stora djur som betade i gräset. De var gråa med två långa horn och hade långa ben samt kraftiga kroppar. Även dessa varelser verkade överdimensionerade jämfört med vad som skulle vara möjligt på jorden. Zoologerna skulle studera dessa videor noggrant senare.

En tredje drönare flög mot bergen som kunde skymtas i horisonten. Under drönaren sträckte sig djupa raviner, och i några av dem flöt floder med rikligt med vatten. Här upptäckte de olika stora djur som påminde om dinosaurier, men med vissa skillnader. De fångade på video när ett stort, smidigt rovdjur anföll en annan varelse, men det slutade med att rovdjuret förlorade efter att ha fått en kraftig spark som kastade det iväg. Rovdjuret hade långa, kraftiga tänder och en päls i regnbågens alla färger.

När drönarna återvände till baslägret för att laddas, överfördes bilder, videor och koordinater för att påbörja kartläggningen av området. Flera forskare analyserade filmerna och konstaterade att djuren på denna planet var mycket större än sina jordiska motsvarigheter, med vissa varelser större än elefanter. Den rikliga tillgången på föda måste vara en bidragande faktor till deras storlek. Detta liknade jordens historia under den tid då dinosaurierna vandrade på planeten. Forskarna spekulerade i att denna planet befann sig i en liknande utvecklingsfas som jorden under krita-perioden, men att den inte var lika gammal som jorden.

Med tanke på de upptäckter de gjort, insåg forskarna att denna värld kunde vara farlig för människor. De rekommenderade ökad vaksamhet och förstärkningar av staketet runt baslägret, eventuellt med elektrifierade stängsel för extra säkerhet. De installerade även starka strålkastare för att kunna lysa upp området om de hörde något misstänkt utanför lägret.

Biologerna drog samma slutsats: växterna var mycket större och kraftigare här. Skillnaden från jorden under kritaperioden var att det nu fanns både barr- och lövträd. På jorden under samma period fanns mestadels gigantiska ormbunkar som utgjorde föda för djuren. Det var inte konstigt att allting var större här med konstant tropiska temperaturer och riklig nederbörd, vilket de kunde dra slutsatsen av de många floderna. De insåg att de behövde vara utrustade för regn och fukt, då de inte visste om området drabbades av monsunregn. Det var viktigt att inte vara borta från lägret för länge och att alltid ha vakter med sig som kunde försvara dem om det blev nödvändigt. Vakterna hade fått instruktioner att först försöka använda sömnmedel om de mötte något farligt. Deras automatgevär var utrustade med dubbla pipor för detta ändamål.

Alla hade fått specialdesignade klockor som var anpassade efter planetens 27-timmars dygn. De väntade på att se när solen skulle gå ner och när den skulle gå upp igen. Solen stod i zenit många fler timmar än på jorden, och klockan 23:00 lokal tid började den sakta sjunka bakom horisonten, vilket skapade en spektakulär röd himmel.

Efter att de flesta gått och lagt sig för natten, med undantag av några vakter, vaknade de plötsligt av höga ljud i närheten av lägret. Eftersom det var mörkt kunde de inte se vad som orsakade ljuden. När de tände en strålkastare, såg de några stora djur stå och stirra mot lägret. När ljuset riktades mot dem, vände djuren i panik och försvann ur sikte. Det verkade som om djuren var rädda för det starka ljuset. Ingen hade fått en ordentlig titt på djuren på grund av avståndet, så de bestämde sig för att ha nattkameror igång nästa natt. När strålkastarna släcktes, hördes inga ljud i närheten längre, men långt bort kunde de höra ett svagt ylande.

Vid åttatiden lokal tid gick solen upp igen, vilket innebar att det var ljust i 18 timmar om dygnet. På morgonen, när de undersökte området utanför baslägret, kunde de inte hitta några spår efter de djur som de sett under natten. Zoologerna trodde att dessa djur kanske inte var särskilt snabba, men att de kunde hoppa högt och långt med tanke på deras klövar fram och tassliknande bakben. De funderade på om staketet var tillräckligt högt för att hålla djuren ute och spekulerade i att dessa varelser kunde vara nattaktiva eftersom de verkade skygga för starkt ljus.

Efter att ha studerat kartorna som drönarna tagit fram, bedömde de att det skulle vara möjligt att ta sig fram med fordon längs skogskanten och undvika de djupa ravinerna. Alla fordon var utrustade med solceller, vilket innebar att de i princip kunde färdas hur långt som helst så länge vädret var klart. Fordonen var designade för terrängkörning och förstärkta för att klara påfrestningar från yttre krafter. De var även utrustade med kameror för att övervaka omgivningen och hade kommunikationsutrustning för att hålla kontakt med andra fordon och baslägret, så länge de inte var alltför långt bort. Fordonen kunde rymma flera personer och var utrustade för att kunna vila i dem om det blev sent och de inte hann tillbaka till baslägret innan mörkret föll. Planen var att tre bilar skulle delta i den första utforskningsresan, med en bil fylld av vakter och de andra två med tre forskare vardera

Den förstaexpeditionen

Vid tiotiden gav sig tre bilar iväg längs den rutt de planerat baserat på kartorna de studerat noggrant. Deras position övervakades kontinuerligt för att kunna agera snabbt om något skulle hända. De hade även kontaktat Lars på jorden för att ha en nödsignal klar om en allvarlig situation skulle uppstå. Varje gång maskinerna kopplades in uppdaterades koordinaterna automatiskt för att markera den senaste positionen där bilarna befunnit sig. De hade även transporterat en helikopter till planeten som endast skulle användas i nödsituationer, då motorljudet lätt kunde avslöja deras position. Användningen av helikoptern kunde endast beslutas av Collings.

Bilarna rörde sig snabbt framåt och avverkade flera mil på kort tid. Terrängen var lätt att köra på, och vägarna var klara. Långt bort i horisonten kunde de se en rökpelare stiga upp mot himlen. Deras intresse väcktes omedelbart, och de undrade vad som orsakade röken.

Plötsligt såg de genom kamerorna hur ett stort och kraftigt djur kom springande i hög fart rakt mot dem. Innan de hann reagera sprang djuret med en våldsam smäll in i den andra bilen, som välte och gled en bit på marken. Vakterna i den första bilen öppnade snabbt en lucka och siktade på djuret, redo att skjuta om det skulle vända sig mot dem.

Djuret stannade vid den vältade bilen, frustade och lyfte sitt huvud för att vädra i luften, som om det försökte identifiera dofterna omkring sig.

Det stod länge orörligt och spanade runt. Det var tydligt att djuret var medvetet om de andra två bilarna som stod stilla. Djuret vaggade fram och tillbaka, osäkert på vad det skulle göra härnäst. Från den första bilen kom ett samtal över radion för att fråga hur det gick för dem i den rammade bilen. De svarade att alla var okej, bara lite omskakade. "Alla, håll er stilla och visa er inte," sa vakten i den första bilen, och hans röst var lugn men bestämd.

Efter en stund vände djuret om och gick långsamt tillbaka mot skogen. De väntade ytterligare några minuter innan en av vakterna som hade hållit utkik mot skogen signalerade att det var säkert. De andra gick snabbt fram till den vältade bilen för att hjälpa sina kollegor ut. Med hjälp av en vajer som de fäste vid den andra bilen drog de den vältade bilen upp så att alla hjulen återigen stod stadigt på marken. Efter en snabb inspektion kunde de konstatera att bilen inte hade fått några allvarliga skador, bara några mindre bucklor där djuret hade träffat.

Den här gången hade de haft tur. De insåg nu att de hade varit för säkra på sig själva under färden och tappat uppmärksamheten. De behövde vara mer försiktiga framöver och ständigt vara beredda på det oväntade.

Efter att ha tagit en kort paus för att äta lunch, skickade de upp en drönare för att undersöka terrängen framåt, i riktning mot röken.

Terrängen såg ut att vara liknande den de redan kört igenom, utan några större hinder i sikte. De beslöt sig för att vara extra vaksamma och noga med att observera omgivningen medan de fortsatte.

Efter lunchen fortsatte de sin färd, men nu gjorde de bara korta stopp

om de tyckte sig se något röra sig. De insåg snart att det bara var vinden

eller smådjur som rörde sig i vegetationen. Den här gången hade alla

spänt fast sig ordentligt med säkerhetsbälten, beredda på att något

liknande kunde hända igen

UPPTÄCKTEN VID RÖKEN

De närmade sig platsen där röken syntes. En liten kulle låg framför dem, och de stannade bilarna för att smyga försiktigt uppför höjden. När de nådde toppen tog de fram sina kikare och riktade dem mot röken. Där nere, nära elden, såg de varelser som liknade apor, hoppande och skuttande runt lågorna. De verkade vara en primitiv ras, kanske i ett tidigt stadium av evolutionen, som en förfader till urtidsmänniskor. Det förbryllande var att de hade en eld igång. Forskarna, som också kommit upp på kullen, noterade att varelserna hade en urholkad sten som fungerade som en enkel eldstad. Detta fick dem att misstänka att dessa varelser, precis som de tidigaste människorna på jorden, kanske hade tagit vara på en eld orsakad av ett blixtnedslag snarare än att själva kunna göra upp eld.

Forskarna bestämde sig för att inte ta kontakt med varelserna. Genom att studera deras rörelser och gester kunde de se att dessa varelser inte verkade kunna kommunicera genom tal. De använde snarare kroppsspråk och gestikulerade livligt, men utan någon form av talat språk. Det var bäst att inte störa dem.

Gruppen gjorde en omväg runt varelsernas läger och fortsatte sin utforskning. Enligt den lokala klockan skulle solen snart gå ner, så de bestämde sig för att stanna för natten. De parkerade bilarna i en triangel, tätt intill varandra, så att de kunde samlas i mitten och diskutera dagens observationer. Det var fascinerande att se en art som eventuellt kunde vara i ett tidigt stadium av mänsklig utveckling, men det var ännu för tidigt att dra några slutsatser. De hade gott om proviant och beslöt sig för att fortsätta utforskningen innan de återvände till baslägret.

Under natten fångade bilarnas radar rörelser i närheten. De tog på sig sina mörkerglasögon och kunde nu se djuren tydligare. De var dubbelt så stora som vargar och rörde sig snabbt och smidigt. Plötsligt såg de en av dem hoppa över några andra djur och uppskattningsvis nå en höjd på tre meter i luften. Vakten i förarhytten beordrade de andra att tända strålkastarna innan djuren kom för nära. Alla tre bilarna slog på sina starka lampor samtidigt. Djuren stannade tvärt och gav ifrån sig skrik av smärta innan de snabbt flydde tillbaka in i skogen. Det verkade som om de starka ljusen orsakade dem stort obehag, och de drog sig snabbt undan. Manskapet i bilarna kunde återigen slappna av och somna om.

Nästa morgon undersökte de marken där djuren hade varit, och spåren de hittade var desamma som de sett utanför baslägret. Efter att ha intagit frukost i skydd av bilarna, sände vakterna ut drönarna i olika riktningar för att undersöka terrängen och se om det var möjligt att fortsätta färden.

En av vakterna som styrde en drönare ropade till: han hade sett något. Alla samlades vid monitorn och kunde se två parallella spår som såg ut som en enkel skogsväg, kanske skapad av några kärror. Spåren ledde rakt framåt, omkring fem kilometer bort. Det såg fortfarande ut som om de kunde köra fram dit utan större svårigheter, och bilarnas batterier var nästan fulladdade.

Efter att ha packat ihop efter frukosten fortsatte de resan mot skogsvägen. Efter ungefär tjugo minuter kom de fram. Vid närmare undersökning visade det sig tydligt att spåren var hjulspår. De tittade sig omkring och såg att skogen låg på ena sidan medan hjulspåren fortsatte ut ur träden och nedför en dal. Här var gräset högt, grönt och frodigt. Längre ner i dalen kunde de se stora djur beta av gräset.

De bestämde sig för att fortsätta köra ner i dalen. På himlen började mörka moln samlas och rörde sig snabbt mot dem. Snart bröt ett våldsamt regn ut, och sikten blev nästintill obefintlig. De fick order att stanna och vänta ut regnet, som smattrade hårt mot bilarnas tak. Efter ett tag följdes regnet av kraftiga blixtar och åskknallar. Det var ett rejält åskväder, men blixtarna höll sig på avstånd, och det verkade som om ovädret inte skulle komma närmare.

Regnet och åskan fortsatte i flera timmar innan det avtog. Små bäckar bildades längs vägen nerför dalen när vatten forsade fram. När molnen äntligen skingrades och solen tittade fram, började marken snabbt värmas upp, och dimma och ånga steg upp i luften. Efter en stund började marken torka upp, och de provade att sakta köra en av bilarna för att se om vägen hade blivit för lerig. Som tur var vägen lika hård som innan ovädret. De insåg att med så mycket regn var det inte konstigt att vegetationen var så frodig. De hade tidigare undrat hur växtligheten kunde vara så grön och frodig trots den höga tropiska värmen, men nu hade de fått svaret.

DALGÅNGEN

När de närmade sig botten av dalgången såg de en stor älv som rann där. Det var fortfarande möjligt att köra längs älvens sida. Efter att ha kört en bit uppströms såg de fler liknande vägar ansluta till den de färdades på, och vägen blev dubbelt så bred. Nu var det viktigt att ta det lugnt och använda drönarna för att undersöka vägen framför dem. De kunde köra en halvmil åt gången utan problem. Nästa gång de stannade och skickade ut drönarna såg de byggnader som liknade hus. De stannade vid en höjd och studerade husen och omgivningarna. De kunde inte se någon rörelse i området på flera timmar. De kom överens om att byta av varandra för att hålla uppsikt. Kvällen kom och de hade fortfarande inte sett några tecken på liv. Återigen parkerade de bilarna i en triangel.

De rapporterade till baslägret, vilket de lyckades med genom att gå upp på en kulle i närheten. De meddelade vad de sett och gav sina koordinater. De fick order att stanna kvar, och att baslägret skulle flyttas till deras plats. De skulle bryta upp lägret och, med Lars hjälp, koppla in maskinen för att ta in det mesta av utrustningen, förutom olika mätapparater och stängslet. När detta var klart skulle de koppla upp till platsen där de tre bilarna befann sig, en bit från vägen de kommit från, och som inte var synlig från området med husen nedanför.

Det tog ett par dagar innan allt var lastat in i hallen på Space Center och Lars ställde in de nya koordinaterna för platsen och startade maskinen. När uppkopplingen var klar lastades allt ut och de organiserade ett nytt basläger.

Under tiden som de gjorde i ordning baslägret skickades spejare ut för att undersöka husen på närmare håll. När de närmade sig husen såg de fortfarande ingen rörelse. De smög fram ända till husväggen och lyssnade efter ljud. När de inte hörde något smög de försiktigt fram till dörren. Dörren stod på glänt och såg trasig ut. De kikade in och såg ett bord och en stol, men i övrigt var huset tomt. Det var mycket smuts och gamla löv på golvet. De gick till ett annat hus och fann det i samma skick: helt tomt och smutsigt. De undersökte hus efter hus och alla var övergivna. De återvände och rapporterade att området var helt öde.

Ett nytt undersökningsteam med andra vakter skickades ut. De sände upp drönare för att undersöka närområdet och upptäckte fler hus som verkade övergivna. Längre bort såg de kraftigare byggda hus i två våningar. De såg dock inga tecken på liv i närheten. Drönaren flög närmare husen och riktade kameran mot fönstren, där det verkade övergivet även där. De kunde se fotspår på gårdsplanen som ledde bort längs vägen. Vid analysen av filmerna visade det sig att alla husen var övergivna. Något måste ha hänt som fick alla att lämna för länge sedan. Det beslutades att tre bilar skulle följa vägen och försöka hitta ett hus som verkade bebott. De körde iväg och kunde hålla en hög hastighet på den breda vägen. Vid något tillfälle såg de på avstånd ett djur beta på ängarna intill älven. De körde länge utan att se något. Efter att ha färdats tjugo mil stannade de för en fika medan vakterna manövrerade drönarna framåt längs vägen och långt åt sidorna. De såg några stugor som verkade övergivna. Efter fikat fortsatte de ytterligare tio mil utan att se något. Snart började det mörkna, och de letade efter en plats där de kunde ha bra uppsikt över närområdet. De hade letat efter vägar som anslöt till den de kört på men hade inte hittat några, bara den enda vägen. De lyckades få kontakt med baslägret och lämnade rapport.

Precis som förra gången skulle Collings överlägga med de andra. Återigen togs beslutet att flytta baslägret till platsen där bilarna stannat. Snart skulle de överväga att använda helikoptern för spaning, men de ville inte göra det ännu.

Under natten vaknade de igen av ett ljud långt bort. När de gick ut ur bilarna kunde de höra att ljudet kom från fjärran. Efter en stund såg de ett ljus långt borta som reflekterades mot himlen. Efter någon timme försvann ljuset och det blev tyst igen. De gick tillbaka för att sova och planerade att undersöka området på förmiddagen.

Efter frukosten gav de sig iväg och beräknade var ljuset hade kommit ifrån under natten. När de närmade sig platsen där de trodde att ljuset kom ifrån stannade de och började undersöka området med drönarna. En drönare flög över en dunge med höga träd och upptäckte en jättestor byggnad med höga staket runt om, men ingen annan aktivitet syntes. De flög sakta högt ovanför byggnaden och undersökte området. Staketet hade en stor grind som stod öppen. De mätte upp koordinaterna för huset och kontaktade baslägret. De bad att Lars skulle koppla upp sig till husets insida för att se om någon eller något fanns där. Baslägret kontaktade Lars på jorden och förklarade vad de ville. Lars kopplade upp sig till koordinaterna och såg genom sitt fönster att byggnadens insida var tom, förutom några mindre rum. Han meddelade baslägret att det var tomt. När de i bilarna fick beskedet körde de till huset och parkerade utanför. Vakterna smög längs husväggen fram till en stor dörr. På dörren fanns en skylt med tecken som de inte förstod. De öppnade försiktigt dörren och lyste in för att kontrollera om några farliga anordningar som mineringar eller annat fanns där. De hittade inget och gick in i huset. Där fanns ett bord med någon form av apparat och texter på ett papper bredvid. Inget av texten var begripligt och apparaten var helt okänd. De kallade på forskarna för att undersöka pappret och apparaten utan att röra något.

Efter en stund anslöt en lingvist från jorden via uppkopplingen som Lars hade ordnat. De tog bilder på texten och överförde dem till jorden för analys. Ingen kunde tyda tecknen. Men lingvisten som var där sa att tecknen påminde om något han sett tidigare, men han kunde inte riktigt minnas vad. Han undersökte även tecknen på dörren. De genomsökte huset och hittade ytterligare skyltar med samma slags tecken.

På jorden pågick ett intensivt arbete för att försöka tyda tecknen. Att det var ett språk var det ingen tvekan om. Av en tillfällighet fick Lars syn på texten och blev förvånad. Han förstod de flesta tecknen. Det var en beskrivning av hur man kunde kommunicera med apparaten.

"Fan, har de lagt in ett språk i mitt huvud också?" sa Lars till sig själv. Han tänkte att detta kanske var ett bevis på att han hade kommit till rätt planet, den planet som var avsedd för honom. Lars översatte texten och meddelade lingvisten som var i det stora huset. Lingvisten började klura ut hur tecknen såg ut och vad de betydde. Han lyckades tyda de andra skyltarna, eller åtminstone trodde han det. På dörren stod det: "Håll dörren stängd."

Forskarna fick order att inte försöka starta maskinen, bara försöka förstå hur den fungerar utifrån bruksanvisningen.

Att byggnaden var helt tom var mystiskt. De hade ju sett ett ljus därifrån. Kan det vara så att de hade utrymt huset precis igår och att vi missade det? Eller visste de att vi var i närheten och blev rädda? Men det verkar inte logiskt att de skulle tända ett starkt ljus om de var rädda för att bli upptäckta.

De skickade ut drönarna igen för att undersöka vägen framåt. Drönarna flög nästan en mil utan att se några fordon eller transporter. Ett team på tre bilar fortsatte längs vägen. När de hade kört tio mil förändrades landskapet; det gick upp och ner i kraftiga lutningar. Det var dock inga problem för bilarna eftersom deras batterier normalt räcker för åttio mil. När de hade kört ytterligare fem mil och nådde en höjd fick de syn på något som såg ut som en stad med höga hus. Byggnaderna såg lite futuristiska ut med spiror högst upp. De bestämde sig för att stanna kvar där de var för att få en bättre översikt över staden. De uppskattade att avståndet mellan stadens utkanter var fem till sex kilometer. Medan de studerade staden såg de ett föremål flyga in och landa i stadens mitt. De mätte sina egna koordinater och noterade koordinaterna för platsen där föremålet landade. De försökte få kontakt med det senaste baslägret men lyckades inte; avståndet var för stort och terrängen de hade färdats igenom medförde dålig täckning. En av bilarna körde tillbaka tills de kunde få kontakt med baslägret.

För tredje gången flyttades baslägret, denna gång till en plats en bit från staden. När de spejade över staden såg de några figurer i utkanten av den bebyggda delen. Vid närmare inspektion med zoom såg de att det var varelser som gick på två ben och var väldigt långa och smala. De kunde inte se några vapen i varelsernas händer. Collings planerade tillsammans med vakterna och forskarna hur de skulle gå vidare. Frågan var om de skulle våga ge sig till känna och närma sig staden. Under tiden lastade de av utrustning, inklusive Lars lilla maskin som möjliggjorde kontakt med jorden. Taktiken var att inte göra något som kunde uppfattas som konfrontation. De avvaktade och fortsatte att studera staden. Under flera dagar observerade de flygande föremål som landade i stadens centrum, men inga föremål som lämnade staden.

STADEN

En dag dök det plötsligt upp en av varelserna på vägen nära dem. Ingen hade sett den komma dit. Först stod den och tittade på dem, och det såg ut som om den sträckte ut armarna för att visa att den inte var beväpnad, eller så tolkade de det i alla fall. Collings ställde sig längst fram på vägen, gick några steg, och sträckte också ut armarna för att visa att han var obeväpnad. Collings tog långsamt några steg mot varelsen, och den gjorde likadant. När de var ett par meter från varandra stannade de. På nära håll såg varelsen ut som en människa men hade en kropp som var smal och en och en halv gånger så lång som en vanlig människa. Den såg manlig ut. Mannen lade handen över bröstet som en hälsning, och Collings gjorde detsamma. Mannen sa något obegripligt, och Collings svarade att han inte förstod. Mannen sträckte ner handen i en ficka på den långa bruna skinnrock han bar, och Collings ryggade tillbaka av rädsla. Men mannen tog fram ett papper och räckte det till Collings. Han tittade på lappen och såg att där bara stod ett ord: "LARS". Collings tittade upp på mannen, nickade och pekade i en båge mot himlen och bortåt.

Mannen nickade och vände tillbaka. Han gick långsamt på vägen och försvann över ett litet krön. De väntade på att han skulle dyka upp vid nästa krön, men han kom inte fram. De väntade länge innan någon gick fram till krönet och tittade. Det fanns ingen där. De tyckte att det var konstigt, eftersom de kunde se åt sidorna och inte såg någon gå där heller. När Collings gick tillbaka visade han papperslappen för de andra. Collings sa: "Det måste betyda att de vill träffa honom, jag kan inte tolka det på något annat sätt. Lars verkade ju förstå deras språk."

Stämningen i lägret blev lite lugnare efter mötet. Det verkade inte som om varelserna var fientliga, och de hade visat att de visste att människor fanns här. De tog kontakt med jorden och berättade om mötet med den inhemska mannen och visade lappen de hade fått. De skulle prata med Lars och fråga honom om han kunde tänka sig att förflytta sig dit. Efter en stunds funderingar svarade han att han kunde ställa upp. Han skulle bara göra några förberedelser.

Han programmerade datorn så att den bara kunde kopplas till det nuvarande baslägret. Han gjorde en förenklad kontrollpanel med en knapp för att starta maskinen och en annan för att stänga av den.

Han informerade en av teknikerna om att han inte fick vidröra datorn och att han endast fick trycka på knapparna. Han instruerade också teknikern att stänga av maskinen när han hade gått genom fönstret, och att inte starta den igen förrän han fick besked från baslägret.

Lars startade maskinen genom att trycka på knappen, gick upp på landgången och steg genom fönstret. När han dök upp i baslägret stod Collings där och hälsade honom välkommen. Han visade runt i lägret och visade var han hade träffat främlingen från staden. Lars förstod att främlingen hade använt en maskin för att ta sig dit från staden. "Jag går själv ner till staden, ingen får följa med!" sa Lars

Glob

Han började gå nedför vägen. Det var en bit att gå, och han gjorde det medvetet långsamt så att de skulle se att han var ensam och inte utgjorde någon fara. När han närmade sig stadens utkant stod en av dem och väntade på honom. Varelsen såg ut precis som de hade beskrivit: klädd i skinn och en lång rock.

Han gick fram till Lars och räckte fram sin hand. Lars hälsade och märkte att mannens hand var mjuk med långa fingrar och en aningen svalare hud. Mannen började prata, och Lars blev förvånad över att han förstod vad han sa.

Mannen sade: "Välkommen hit, du klarade av det uppdrag vi ville att du skulle utföra. Vi ber om ursäkt för att vi använde dig på detta sätt. Vi har länge studerat er människor utan att ge oss till känna, och du passade genetiskt in för möjligheten att plantera kunskaper i ditt medvetande. Jag hoppas att detta inte har orsakat dig några problem."

"Nej, det är ingen fara," svarade Lars på deras språk. "Det har varit en mycket intressant resa för mig. Som ni säkert visste var mitt intresse för rymden och drömmen om att få träffa andra livsformer under min livstid. Jag tackar för den möjligheten."

"Mitt namn är Kurel, och jag är en av ledamöterna i vårt lands råd. Skulle du ha något emot att följa med in och prata med mig och rådet?" frågade Kurel.

"Det går bra," svarade Lars.

Kurel gick före och öppnade en dörr som de gick igenom. På andra sidan dörren fanns vackra statyetter och blomsterarrangemang längs väggarna. I mitten fanns ett transportband som började röra sig när de steg på. Det gick ganska fort, men kändes ändå säkert. Förmodligen åkte de till stadens centrum. När de kom fram till slutet av transportbandet fanns det flera andra band som sträckte sig åt olika håll. Från centrum fanns det flera dörrar mellan banden, och de öppnade en av dörrarna och bad Lars följa med in. Innanför dörren fanns en gång med en låg mur full av olika sorters träd och blommor. Taket ovanför släppte in solljus som lyste upp gången. Med jämna mellanrum fanns det öppningar med uppfarter till husliknande byggnader.

Efter att ha passerat några öppningar nådde de en större uppfart som ledde till ett guldglittrande hus. De gick upp på uppfarten och in i byggnaden. Där satt många människor, liknande Kurel i kroppsbyggnad, bakom skrivbord och vid runda bord där de drack någon dryck. När de gick längre in kom de till en lokal med många sittplatser runt ett stort ovalt bord. Ett tiotal personer satt utspridda runt bordet, men vid huvudändan var det tomt. Kurel bad Lars sätta sig bredvid honom vid huvudändan. De satte sig, och en person kom fram och ställde fram ett glas och en tillbringare med vatten.

Kurel började tala: "Vi välkomnar Lars, som representerar planeten jorden idag. Han har varit nöjd med det uppdrag vi gav honom. Han lyckades också att tillverka maskinen som vi hjälpte honom att förstå och använde den på ett bra och demokratiskt sätt, utan att avslöja hur maskinen byggdes."

Kurel vände sig mot Lars och sade: "Vi vill verkligen tacka dig för att du har gjort allt för att komma hit, det uppskattar vi. Även om vi ser olika ut är våra raser mycket lika vad gäller våra gener. Vår planet har, precis som er, utvecklats under miljarder år. Vi kanske inte har kommit lika långt i alla avseenden; ni och vi har utvecklats lite olika, men vi är lika mycket värda. Vi är glada att när ni kom hit respekterade ni våra djur och vår natur. Vår värld har varit ett fredligt, demokratiskt och teknokratiskt samhälle i flera tusen år. Vi vill inte och kan inte utöva våld mot någon annan varelse. Detta är något som vi vet att du uppskattar, eftersom vi följde dig på jorden innan vi valde dig som vår representant till er värld. Dock har vi haft ett problem i många år som har orsakat oss stor sorg. Det finns andra raser på andra planeter som inte delar vår moral. De har anfallit oss och dödat mer än hälften av vår befolkning. Kort sagt försöker de utrota oss. Det som har gjort att vi inte alla blivit utrotade är våra kunskaper om maskinen som du också nu känner till. Men vi som ras kan inte slå tillbaka; det finns inte i vår natur att skada, och därför kan vi inte försvara oss heller. Därför ville vi att ni skulle komma hit och se hur vi blir behandlade och dödade av dessa varelser från en planet inte mer än något ljusår härifrån. Naturligtvis är det upp till er om ni vill hjälpa oss! När vi har studerat er jord ser vi att ni har en överbefolkad planet som ni håller på att förstöra."

Kurel fortsatte: "Vad vi kan erbjuda er är att, om de som bestämmer på er planet vill, människor ska få möjlighet att frivilligt flytta hit till vår planet. Som ni har sett har vi en grönskande växtlighet och både grönsaker och, för de som vill, villebråd att jaga. Men detta är på villkoret att ni inte startar fabriker med utsläpp som skadar planeten. Vi erbjuder områden som motsvarar mer än er jord, där ni självständigt kan fatta beslut om er väg. Vi hoppas dock att vi kan samregera för allas bästa. Vi vet att ni har ledare som kanske inte är särskilt demokratiska, och det beror i stort på att det börjar bli trångt och själviskt. Vi tror och hoppas att vi skulle kunna uppnå en sådan verklighet tillsammans. Ni har förmågan och tekniken att slå tillbaka den fiende vi står inför."

Som avslutning sade Kurel: "Vi förväntar oss inget svar från dig nu; du måste föra fram våra önskemål till dina ledare. Vi förväntar oss dock att du inte avslöjar tekniken för hur man bygger maskinen. Som du vet kan den användas för dåliga syften."

Lars reste sig, tittade ut över församlingen och sade: "Tack för att ni har gett mig dessa kunskaper. Jag kommer att bevara dem väl. Jag ska med glädje framföra er förfrågan och hoppas att vi kan komma överens. Jag förstår verkligen er situation, och jag blir uppriktigt upprörd oavsett var orättvisor sker. Det finns plats för alla. Jag är säker på att det finns många beboeliga planeter i rymden."

När han avslutade sitt inlägg applåderade deltagarna högt. Lars och Kurel tog varandras händer och tackade varandra. Lars meddelade att han genast skulle prata med ledarna. Kurel följde med Lars tillbaka till rullbandet, och de åkte tillbaka till ytterdörren. Väl där meddelade Kurel att de kunde ta kontakt via en sändare som han gav till Lars. Han gav också fyra öronsnäckor, som Kurel förklarade skulle översätta från jordspråket till vår planets språk. "Vi kallar den här planeten för Glob," sa Kurel. "Tills vi ses igen, adjö!"

Lars öppnade dörren och vandrade sakta upp till lägret.

Uppe vid lägret hade de blivit oroliga eftersom han hade varit borta så länge; de tänkte att han kanske hade blivit fångad där. När de såg att han kom ut drog de en lättnadens suck. De frågade i mun på varandra hur det var där nere och om han förstod vad de sa. Han tystade dem med handen och sade att han skulle berätta om de slutade ställa så många frågor.

Han berättade först hur det såg ut där inne, hur vackert det var med blommorna, träden och husen. Sedan fick de en förklaring när han berättade deras historia och vad de hade utstått från de anfallande varelserna. Han berättade att de behövde hjälp med att stoppa dem

FREDSBEVARANDE STYRKAN

Det blev ett enkelt beslut att försöka hjälpa till. De hade fått klartecken
från världsledarna. De skulle hitta ett par bataljoner av de mest skickliga
soldaterna från alla länder. Det skulle ta ett par veckor att organisera
och utrusta en sådan grupp.

De bad Lars att få mer information om anfallens natur och vilka "vapen
som angriparna hade. De ville veta hur angriparna transporterades till
denna planet. Framför allt undrade de var angriparnas planet låg och hur
långt det var dit från den värld han befann sig på.

Lars var borta i staden och pratade med Kurel. Han fick reda på att
angriparna kom i rymdskepp som lade sig i en bana runt Glob. De hade
mindre rymdfarkoster som de flög ner i atmosfären till marken med. De
hade bomber och raketer av en modell som liknade jordens vapen. De
kom med jämna mellanrum och förstörde i första hand infrastrukturen.
Eftersom detta hade pågått i många år hade många av invånarna dödats.
Angriparna visste att de inte mötte något större motstånd. Men
människorna på Glob visste inte varför deras värld blev anfallen. Tidigare
hade de haft någon form av kontakt med varandra, och de hade träffats
tillräckligt länge för att de skulle lära sig varandras språk. De hade sänt ut
flera meddelanden till dem med frågor om varför de anföll, men det
enda svar de fick var: "Därför att ni är värda det." Inga andra
förklaringar. Det var därför de uppfattade dem som extremt onda.

Lars frågade hur människorna på Glob kunde färdas, förutom via maskinen så klart. De hade flygande transportmedel av olika storlekar. De kunde även färdas i rymden med dessa farkoster. De hade radar som varnade när angriparna lade sig i bana utanför deras planet. Men de hade aldrig tillverkat några vapen för att använda mot dem. Om de skulle få hjälp kunde de låta militärerna få tillgång till ett antal farkoster av olika storlekar.

Kurel berättade att de naturligtvis hade börjat bygga upp skyddsrum och förstärka de offentliga husen. De hade byggt kraftfält som klarade träffar av raketer, men det fanns inga möjligheter att skydda alla. Under de senaste åren hade angriparna aldrig förstört områden som inte var bebyggda, så djuren hade klarat sig bra, trots allt.

Lars vidarebefordrade all denna information till försvarsstyrkan och ledningen på jorden. För en jordbo var det konstigt att de inte försvarade sig när de hade så stora tekniska kunskaper. Men enligt Kurel hade de under många år inte utövat något våld och var äkta pacifister.

Det beslutades att samla två bataljoner från alla länder som deltagit i projektet. I baslägret planerade man mottagandet och lade en strategi baserad på den information de fått om var anfallen hade inträffat flest gånger. De hade fått lokala kartor över större delen av planeten. Det fanns platser som inte var bebodda, bland annat på grund av svåråtkomlighet och att det inte hade funnits behov av boende, eftersom det inte fanns så många invånare på Glob. Man får inte glömma att den här planeten är dubbelt så stor som jorden.

Klimatmässigt finns det poler med is och snö, stora hav och sjöar över hela planeten. Det finns områden med underutvecklade djur som har utvecklats mot människoliknande, förhistoriska varelser, bland annat det apliknande folket de såg runt elden. Det fanns också områden de inte hade utforskat i djungler med kraftiga träd i de varmaste regionerna. Det har funnits tecken på att det kan finnas infödingar i dessa områden.

PLACERING AV TRUPPER

Lars hade förberett att programmera in till maskinen de platser soldater kunde placeras ut på olika platser på planeten. Allt eftersom skickades soldater, civila tekniker och material till de olika lägren. Det organiserades ett system för bevakning mot rymden. De hade förberett sig för möjligheten att angriparna skulle komma från grannplaneten, som de hade gjort tidigare, så att de kunde slå larm om de såg att något var på gång. Dessutom hade de utrustat flygfarkosterna de fått tillgång till med kanoner och projektiler.

De hade tidigare inte sett planeten, eftersom den hade legat rakt bakom Glob och skymts. Den planeten var lite mindre än Glob, men större än jorden. De visste inte om eller när ett anfall kunde ske, så de studerade noga alla eventuella rörelser i rymden mot den andra planeten.

En dag fick de en varning om att det verkade vara aktiviteter i rymden. Fredsbevarande styrkan intog högsta beredskap. De följde rörelserna och såg att ett stort skepp lade sig i en omloppsbana runt Glob. Efter en stund, när skeppet passerade över de bebodda områdena, kom många mindre rymdfarkoster ut ur det stora skeppet och flög neråt genom atmosfären. Styrkan avvaktade eftersom de fått order att inte anfalla först. De skulle endast svara om de blev anfallna och bombade.

När farkosterna var i luften ovanför de bebodda städerna började de skjuta mot husen. Soldaterna fick då klartecken att skjuta moteld! När artilleriet började beskjuta farkosterna blev det tydligt att angriparna blev förvånade och flög oorganiserat åt alla håll. Militären lyckades skjuta ner en av farkosterna och såg att två personer hoppade ut med fallskärmar. Genast omgrupperade soldaterna och flyttade sig mot den förmodade platsen där fallskärmarna skulle landa. De såg de två fallskärmarna närma sig marken. När de landade omringades de av soldaterna. Med tecken visade soldaterna att de skulle ner på marken. Männen var mycket lika jordbor, fast med något onormalt stora huvuden. De lade sig ner på marken och lyfte upp armarna i en uppgivande gest. Soldaterna satte handbojor på dem och förde dem till sitt läger. De övriga anfallande farkosterna återvände till det stora huvudskeppet och åkte tillbaka i rasande fart.

Fångarna transporterades till huvudlägret, där man försökte förhöra dem, men de förstod inte frågorna och talade ett helt annat språk än de som bodde på Glob. När de visiterade personerna upptäckte de att det inte var två män, utan att en var en man och den andra en kvinna! Båda två försökte tala sitt språk och gestikulerade. De pekade på himlen och visade med handen ner mot marken, och lyfte sedan upp händerna för att illustrera en stor explosion. Collings, som försökte förhöra dem, blev förvånad över deras tecken och undrade varför de visade att en bomb åkte ner mot marken och exploderade. Collings hade på sig översättaren de fått från Kurel, men den översatte inget. Han kontaktade Lars och bad honom fråga Kurel om de kunde programmera en översättare, då Kurel hade sagt att de hade lärt sig angriparnas språk.

Lars tog sig ner till staden och sade till vakten att han ville träffa Kurel. Eftersom vakten kände igen honom, släppte han in honom och pekade på vilket rullband han skulle ta. När han kom fram gick han till dörren han tidigare gått igenom och promenerade förbi de vackra gångarna till rådets hus. Han knackade på dörren och blev insläppt i salen. Kurel hälsade honom välkommen och såg glad ut.

"Ni lyckades skrämma iväg dem innan något allvarligt hände," sa Kurel.

"Ja, så fort vi började skjuta blev de förvirrade eftersom de aldrig hade mött något motstånd. Vi har tagit ett par fångar och vill förhöra dem, men vi förstår inte vad de säger. Du sa att ni hade lärt er deras språk. Vi undrar om ni kan programmera en översättare åt oss?" sa Lars.

"Men vi kan själva förhöra dem!" svarade Kurel.

"Nej," sa Lars. "Eftersom vi har fått uppdraget att skydda er, vill vi också förhöra dem."

"Okej, vi ska försöka programmera en, men det tar någon dag innan ni kan få den," sa Kurel.

Efter två dagar dök det upp en vakt från staden och överlämnade öronsnäckor till dem. Han berättade att fångarna skulle få en översättning om de hade öronsnäckorna på sig. De tackade vakten, som vände om och gick tillbaka till staden

FÖRHÖREN

De tog den manliga fången till ett rum och kedjade fast honom i en stol. Collings och Lars ledde förhöret. De inledde med att presentera sig och förklarade att de var en fredsbevarande styrka från en annan planet och att de fått uppdraget att skydda Glob från anfall.

"Varför anfaller ni Glob?" frågade Collings.

Mannen svarade, "Vi är ju tvungna att hämnas deras gärningar."

"Varför måste ni hämnas?" frågade Collings.

"De har ju bombat oss i åratal och dödat många av vårt folk, vi måste ju försvara oss," sa mannen.

"Vi har pratat med rådet här på Glob, och de säger att de inte har gjort något mot er. De utövar inte våld," sa Collings.

"Men det är sant att de har bombat oss i åratal, även om vi aldrig har sett hur de kommit dit eller hur de har gjort det," sa mannen.

"Vad menar du med att ni inte har sett dem?" frågade Collings.

"Helt plötsligt har det varit bomber inne i våra stadshus, och vi vet inte hur de kunde komma in eftersom vi övervakar hela tiden. Helt plötsligt exploderar en bomb, och vi kan inte se på våra videokameror var den kommer ifrån. Plötsligt är de bara där och exploderar," sa mannen.

Lars drog Collings åt sidan och bad honom stänga av översättaren. Lars förklarade sin misstanke:

"Enligt Kurel är det bara de som har förmågan att bygga en maskin som den jag också byggde. Han berättade för mig att jag är den enda utomstående som har den kunskapen. Men allt som mannen säger tyder på att någon med den tekniken gör detta mot dem."

"Kan det vara någon härifrån som har använt tekniken? Och varför? Talar Kurel sanning till oss?" sa Collings.

Efter förhöret med mannen tog de ut honom och tog in kvinnan. De förhörde henne med samma frågor och fick samma svar.

Kvinnan sa: "Alla de barn de har dödat! Min egen dotter blev skadad och ligger på sjukhus med allvarliga skador," sade hon och började gråta. "De jävla mördarna."

De frågade henne när det senaste anfallet mot dem var, och hon sa att det var för en vecka sedan och att det var därför de genomförde sitt anfall nu. De beordrade soldaterna att låsa in fångarna, men att behandla dem väl och ge dem mat.

"Vad ska vi göra?" sa Collings.

"Jag tycker inte att vi ska säga något till Kurel i detta skede. På något sätt måste vi tänka igenom det här. Pratar Kurel sanning, och i så fall, vem har utfört dessa dåd? Finns det någon här på Glob som tjänar på att reta upp grannplaneten? Kan det vara någon som har ett annat syfte?"

De kom överens om att Lars skulle prata med Kurel och försöka få fram information utan att avslöja vad han misstänkte. Han skulle säga att fångarna vägrade att prata. När Lars nästa gång besökte staden och träffade Kurel berättade han att de inte lyckats få fångarna att tala, men att de skulle fortsätta förhören.

De fortsatte att prata, och i en diskussion uppstod ett lämpligt tillfälle då Lars, helt apropå, frågade om tekniken han hade fått kunde spåra när han hade gjort uppkopplingar. Kurel svarade att de hade utvecklat en teknik som kunde mäta om det hade varit en uppkoppling. Deras egna maskiner hade ett loggsystem så att tekniken inte skulle kunna missbrukas. Endast några få hade utbildning att använda den, och tekniken användes endast i forskningssyfte och med försiktighet eftersom den kunde användas felaktigt.

Lars frågade om de hade haft några problem med det. Kurel sa att för några år sedan hade några rådsmedlemmar föreslagit att ta över planeter för att stärka deras planet, men de hade inte fått något gehör.

Lars frågade om han kunde få se deras mätningar och om de hade sett alla uppkopplingar de gjort sedan de kommit till Glob. Kurel sa att det skulle vara ett nöje att visa hur tekniken fungerade.

De gick till en terminal, och Kurel letade upp alla uppkopplingar de hade registrerat sedan de kom. Lars tittade igenom listan och såg att det hade varit en uppkoppling för en vecka sedan. Han frågade försiktigt vad det var för uppkoppling. Kurel tryckte på tiden och såg lite konfunderad ut. "Men vad är detta?" sa han till sig själv. Han sökte vidare och sa: "Konstigt, det står att vi hade en uppkoppling den dagen, men det kan inte stämma. Den kommer härifrån, och vi har inte haft något projekt på gång. Jag ser att det är från en liten terminal i vår forskningsavdelning.

Jag ska godkänna alla uppkopplingar, och jag har inte fått någon förfrågan."

Lars funderade och bestämde sig för att berätta, eftersom det var uppenbart att något inte stod rätt till.

"Det var därför jag var så frågvis, för jag hade en misstanke om att någon här har en annan agenda och faktiskt anfaller den andra världen." Han berättade vad fångarna hade sagt och att det verkade som att någon hade kopplat upp en maskin och placerat ut bomber på deras planet. Kurel blev alldeles vit i ansiktet och var på väg att rusa därifrån, men Lars hejdade honom och sa att de borde undersöka i smyg och fånga den skyldige på bar gärning. "Kan det vara någon av dem som ville ta över andra planeter?" frågade han.

Kurel lugnade sig och höll med Lars om att de måste kolla upp detta i hemlighet och inte berätta för någon annan.

Han kollade datumen och tiderna för när uppkopplingarna hade varit och konstaterade att det hade varit flera uppkopplingar en vecka innan anfallet mot dem.

"Jag har ett par släktingar som jag litar på som kan installera en kamera som inte kommer att synas. Jag ber dem att programmera så att nästa gång de försöker koppla upp sig får de ett felmeddelande om att ett relä inte fungerar, och då får jag ett meddelande. Det innebär att jag får lite tid att ta dem på bar gärning när de försöker hitta vilket relä det är," sa Kurel.

"Jag hoppas att du meddelar mig om det sker," sa Lars.

"Självklart gör jag det," sa Kurel.

Lars gick tillbaka till baslägret och informerade Collings om vad de hade upptäckt. Han berättade att Kurel hade blivit uppriktigt förvånad när han upptäckte uppkopplingen mot den andra planeten

KONSPIRATIONEN

Efter fyra dagar fick Lars ett meddelande om att han skulle komma till staden. När han kom dit, informerade Kurel honom om att allt hade gått precis som planerat. De hade dels videofilmat dem som försökte koppla upp sig mot planeten, och dels hade Kurel fått en varning och samlat ihop en vaktstyrka som begav sig till forskningsavdelningen och tog de närvarande på bar gärning. De hade lastat ett antal bomber framför fönstret som de hade tänkt slänga ut vid uppkopplingen.

Kurel berättade att detta hade hänt för två dagar sedan. Under gårdagen hade de förhört dem som befann sig i lokalen, och mycket riktigt, två av dem var rådsmedlemmar som ville ta över andra planeter. Några av de andra som var där hade en mindre roll i dåden; ett par tekniker trodde att det hela var sanktionerat av ledningen. De kunde också namnge ytterligare en rådsmedlem som tydligen var den mest drivande.

"Vi har nu dokumenterat bevisen och låtit vår domstol utdöma straff för nationellt förräderi," sa Kurel. "Domen kommer i morgon! Du kan komma och lyssna om du vill."

"Tack, gärna. Det skulle vara intressant att följa er rättskipning," svarade Lars.

Dagen därpå satt Lars i domstolens sal och lyssnade på anklagelserna och bevisen som lades fram. De åtalade nekade till brotten, förutom ett par tekniker som erkände att de hade varit inblandade och trodde att det var sanktionerat av ledningen. Domaren sammanfattade vad de var anklagade för och gav sedan juryn i uppdrag att överlägga. Det blev en paus, och folk började prata med varandra medan de gav förstulet blickar mot Lars, som de flesta inte hade sett förut. I deras ögon var han ju en främling, en alien!

Efter en halvtimme kom juryn tillbaka och alla satte sig igen. Juryn gav ett papper till domaren, som läste upp beslutet: Tre av de rådsmedlemmar som hade suttit i rådet befanns skyldiga till högförräderi, det grövsta brottet som kunde begås. Tre av teknikerna fick en varning, och ytterligare en dömdes till samhällstjänst.

Domaren förkunnade att de skulle "raderas".

Lars reagerade och tänkte: Har de dödsstraff? De är ju pacifister enligt Kurel.

Efteråt frågade Lars Kurel hur de skulle avrättas.

"Avrättas? Nej, nej, det gör vi absolut inte," sa Kurel.

"Men domaren sa ju att de skulle raderas," sa Lars.

"Aha, du uppfattade det så! Nej, de ska omprogrammeras med vår teknik. Vi kan förändra deras hjärnor så att de blir vanliga arbetare, och de kommer inte att minnas att de har varit i rådet eller att de har kunskaper om maskinen. De kommer inte heller att ha några aggressioner kvar. Dessutom förflyttas de till en annan plats på Glob."

Efter att de hade lämnat domstolen frågade Kurel om Lars och Collings kunde tänka sig att besöka den andra planeten och be om förlåtelse, tillsammans med Kurel och en ambassadör.

Lars frågade senare Collings om han ville följa med. Det ville han gärna

RESAN TILL ANDRA PLANETEN

Lars och Collings gjorde sig redo att resa till den andra planeten. De tog med sig fångarna som hade blivit tagna på bar gärning. Tanken var att de skulle hjälpa dem att komma in i deras värld, som enligt fångarna heter Proxi.

Resan till Proxi tog tretton dagar innan de anlände till rymden ovanför planeten. De kontaktade flygledningen via radio och överlämnade mikrofonen till de tidigare fångarna. Dessa förklarade att två representanter från Glob och två från en planet som heter Jorden ville göra ett diplomatiskt besök och träffa ledningen i landet. De fick klartecken att landa och fick hjälp att hitta rätt plats för landning.

När de steg ut ur skeppet såg de tusentals människor som hade samlats som publik. Närmast skeppet stod tre militärer, strikt klädda. Mannen och kvinnan som gick först gjorde honnör genom att sätta handen vid hjärtat. De skakade hand med militärerna, och publiken jublade. När de andra steg fram, bugade männen lätt med huvudet. Översättarna var påslagna. Kurel hälsade och tackade för att de tog emot dem. "Följ med", sa en av militärerna kort och bestämt. De gick till ett fordon med tio sittplatser. Alla steg in, och en beväpnad vakt satte sig bredvid chauffören. De körde till ett stort palats och följde efter militärerna, medan vakten gick sist bakom alla.

De satte sig runt ett stort bord där det fanns fler personer i formella kläder. Vid varje plats stod ett glas och en flaska.

"Välkomna till Proxi! Som ni förstår är vi lite misstänksamma mot er efter vad som har hänt de senaste åren. Vi har fått en del förklaringar från våra ärade piloter som varit i er vård. Ni kan nu framföra era ärenden; vi lovar att lyssna."

Kurel harklade sig och sade, "Ärade ledare, jag är rådets ordförande på planeten Glob, och jag är här för att be om ursäkt för de bombningar ni fått utstå. Det var inte vår avsikt; det var onda individer från vår planet som utförde dessa handlingar utan vår vetskap. De personerna har nu blivit straffade och kan aldrig göra något ont igen. Deras mål var att ta över makten på vår planet och anfalla alla beboeliga planeter i närheten. Om vi inte hade fått hjälp av dessa män från planeten Jorden, som ligger på andra sidan rymden, skulle vi inte ha upptäckt våra egna medborgares brott. Vi är ett fredligt folk som inte utövar våld, och ni har säkert märkt att vi inte försvarade oss när ni anföll oss. Om det är i ordning, vill jag att representanterna från Jorden får berätta sina skäl för varför de är här." Han satte sig ner.

Lars reste sig upp och sa, "Ärade ledning på planeten Proxi, som sagt kommer vi från Jorden, och vi upptäckte en möjlighet att färdas ut i rymden för att hitta liv. När vi kom till Glob upptäckte vi att livet där inte var så olikt vårt eget i evolutionen. Vår värld har producerat många saker men också smutsat ner vår atmosfär, vilket har lett till global uppvärmning och naturkatastrofer. Vår planet är bara hälften så stor som era två planeter tillsammans. Vi har lärt oss att vi måste göra något åt vår snabbt växande befolkning, eftersom vår planet inte längre klarar av att försörja alla. Jorden är överbefolkad. Vi har en överenskommelse med ledningen på Glob om att vi kan få flytta en del människor dit, med syftet att leva i harmoni och främja jordbruk. Vi vill inte göra om de misstag vi tidigare gjort genom att förgifta atmosfären. Det tar tid, men vår planet kommer att läka. Det var vi som hade utrustningen att skjuta med, men det var endast avsedda för fredsbevarande syften. Vi har haft långa perioder av krig mellan länder, och genom denna möjlighet har vi kunnat enas och arbeta tillsammans. Vi hoppas att vi kan bli vänner och utbyta kunskap. Tack för ordet!"

Flera talare från Proxi tog till orda och uttryckte sin lättnad över att aggressionerna mellan planeterna äntligen hade upphört.

"Vi vill inte heller ha krig, eftersom vi har gott om plats för vårt folk och strävar efter att leva i harmoni med naturen. Det finns mat för alla, och vi hoppas att vi kan komma överens med er båda världar. Vi bör sätta oss ner och arbeta fram en överenskommelse för framtiden. Vi kommer att ha ett möte med våra representanter och sedan återkomma med förslag."

"Ni är välkomna till en middag så att vi kan lära oss mer om varandra."

Under middagen kunde de prata fritt med sina bordsgrannar tack vare översättarna de bar. Folket på Proxi verkade fredligt och påminde på många sätt om människorna på Jorden. Det skrattades mycket, och de fick njuta av musikframträdanden med både kvinnor och män. På Glob hade de inte träffat så många kvinnor; de hade rådsmedlemmar som var kvinnor, men majoriteten var män.

På kvällen erbjöds delegaterna rum, och de kom överens om att fortsätta överläggningarna nästa dag. Efter en god natts sömn fick de mat och dryck som påminde mycket om kaffe och te. Det smakade gott, och ingen blev sjuk av maten eller drycken. Dagen därpå fortsatte överläggningarna, och stämningen var betydligt vänligare än vid deras första möte på flygplatsen.

Representanterna från Proxi berättade om sin planet, som också hade ett varmt klimat och täta djungler med både djur och olika mänskliga stammar. Det fanns ingen fientlighet mellan stammarna och stadsbefolkningen, och de hade en relativt liten befolkning i förhållande till planetens storlek.

Efter några dagar hade de nått en överenskommelse om ett utbyte mellan planeterna Proxi och Glob, och även ett samarbete med representanter från Jorden. Enligt överenskommelsen skulle även människor från Jorden få möjlighet att bosätta sig på Proxi, och de fick ett område tilldelat som var nästan lika stort som Jorden. Glob skulle bidra med teknisk expertis som de hade utvecklat. Tekniken för att skapa maskhål diskuterades, men det beslutades att den nuvarande konstruktionen inte skulle användas. Istället skulle de programmera så att resor endast kunde ske mellan de platser som de hade kommit överens om. De skulle också få teknik för att kunna upptäcka icke-auktoriserade uppkopplingar.

Collings meddelade att han skulle kontakta sin planet senare för att fråga om de ville ansluta sig till överenskommelsen. Han uttryckte optimism över att hans värld skulle ta emot förslaget med glädje, men de skulle ge besked så snart som möjligt och sedan planera eventuella bosättningar på de nya planeterna.

Efter att ha varit två veckor på Proxi reste de tillbaka de tretton dagarna till Glob. När de kom fram redogjorde Kurel för överenskommelsen mellan planeterna för rådet, som genast godkände förslagen.

Collings återvände till Jorden och informerade alla presidenter och ledare om förslaget och bad dem överväga möjligheterna att bygga upp bosättningar på de nya planeterna. Ledarna återvände till sina respektive regeringar, och medierna rapporterade om avtalen och de möjligheter de skulle innebära för Jordens välmående.

Som förväntat sa alla länder ja till förslagen och redogjorde för hur många de trodde skulle vilja flytta. I alla länder byggdes organisationer upp för att planera och bedöma vilka som skulle få möjlighet att emigrera. De flesta som ville utvandra kom från Indien, Kina och Europa. Alla fick information om att en utvandring skulle vara permanent och att man inte kunde räkna med att återvända.

Sammantaget gjorde alla en uppskattning av hur många som skulle få emigrera. De första nybyggarna måste ha kunskap om hur man bygger och vårdar naturen. Till att börja med skulle ett jordbrukssamhälle byggas upp, eftersom klimatet var gynnsamt för det. Det sattes också upp regler för hur man skulle hantera de lokala djuren och fastställdes kvoter för hur mycket kött man fick använda. Man fick inte ta med sig djur eller växter från Jorden för att undvika att introducera invasiva arter. Alla som skulle resa till de nya planeterna skulle passera genom en sluss som dödade eventuella bakterier på utrustning och kläder. Man påmindes om hur det gick för inkafolket när spanjorerna kom med sjukdomar som nästan utplånade dem.

Boskap och hästar skulle vara tillåtna, men endast den senaste tekniken som inte förstörde atmosfären skulle få användas. Alla lärde sig av misstagen från det förflutna.

DE NYA VÄRLDARNA

Utvandringen skulle börja med de som befann sig i flyktingläger, de allra fattigaste. Naturligtvis skulle det vara frivilligt, och de skulle vilja börja om på nytt. Man hade kommit överens om att koppla upp sig via maskinen i land efter land för transport till olika delar av Glob, enligt de områden som anvisats av invånarna där och i enlighet med deras löften. Det hade samlats in verktyg och bruksföremål som de nyinflyttade skulle ha nytta av. De skulle få bygga upp ett samhälle utifrån sina olika kulturer och behov. I praktiken delades marken upp i många nya länder, där varje land fick behålla sin egen kultur. För människor som kom från storstäder var det lite svårare att gå tillbaka i utvecklingen, men skillnaden var att det fanns gott om odlingsmark som var rik på mineraler och mycket bördig. De nya bosättningarna hade fått solceller och teknik från invånarna på Glob som producerade ren energi utan att förorena jorden.

När de anlände till sina nya platser fick de information om vilka djur som fanns i området, vilka som var farliga, och vilka som var ätbara. De informerades också om vilka växter som fanns och vilka som hade läkande egenskaper. På Glob fanns inga ormar, men det fanns olika sorters ödlor. Dessa ödlor var stora men inte farliga för människor, så länge man inte hotade dem när de hade sina ungar vid sin sida. I haven och de stora sjöarna fanns det gott om marina djur, som fiskar, krabbor och valar. Alla dessa djur var mycket stora, vilket berodde på att de hade tillgång till riklig och näringsrik föda.

Nästan en tredjedel av Jordens befolkning ville utvandra, och många valde planeten Proxi eftersom invånarna där liknade jordmänniskan mer än befolkningen på Glob.

Allt eftersom fler människor utvandrade minskade trycket på Jorden, och marken räckte bättre till för de som blev kvar. Utsläppen minskade, och samhällen och teknik utvecklades på ett hållbart sätt. Många familjer splittrades eftersom inte alla ville utvandra, men man respekterade dem som valde att flytta då det var deras eget beslut.

Trots att så många hade kommit till de nya planeterna var det fortfarande glest mellan bosättningarna, och de träffades inte så ofta eftersom avstånden mellan dem var stora. På vissa platser byggdes städer, medan andra bosättningar spreds ut över stora områden. Det fanns gott om plats, och de kunde leva av vad jorden gav.

I början hade de problem med djuren, som bara var aktiva på nätterna. En del människor hade omkommit i attacker från dessa djur. Men folket lärde sig att skydda sig genom att alltid ha lampor att lysa med, vilket skrämde bort djuren eftersom de var rädda för ljuset.

Det hade bildats ett råd som skulle övervaka och se till att inga överträdelser skedde samt fatta beslut om lagar som de gemensamt hade kommit överens om. Det fanns individer som försökte stjäla och ta över andras mark, men lagarna såg till att dessa personer straffades. Detta hände dock sällan eftersom det fanns mat för alla. Alltmer utökades byteshandeln, eftersom olika kulturer var skickliga på att tillverka nyttiga saker. Det fanns ännu ingen valuta, bara byteshandel. Många sjukdomar som funnits på Jorden kunde man bota här, tack vare de kunskaper om sjukdomar som utvecklats på Glob och Proxi, som låg långt före Jordens.

ISOLERINGEN

Efter tio år började myndigheterna på Glob och Lars märka att uppkopplingarna fungerade allt sämre. Forskarna på Glob och Lars visste inte vad detta berodde på. Det verkade som om maskinerna blev mer och mer utmattade, trots att man byggde nya maskiner. Den försämrade funktionen tydde på att tekniken skulle sluta fungera inom ett antal månader. Det var som om rymden blivit mättad av manipulation. Snart skulle det vara omöjligt att ha kontakt med jorden. Forskarna och de som byggt upp och organiserat bosättningarna måste bestämma var de hörde hemma. Det gällde också för Lars och Collings, som stod inför ett svårt val eftersom de kunnat växla mellan jorden och planeterna.

Maskinerna fungerade dock utan problem på planeten. Detta var användbart när de behövde resa mellan olika bebyggda platser. De förberedde jordens befolkning på att kontakten snart troligtvis skulle brytas. På jorden kunde man dock fortsätta med projektet på Mars, som gjorde framsteg. Man hade byggt upp en mindre stad under en stor kupol, som utvecklats till att vara helt strålningssäker.

De hade också utvecklat rymdraketer som kunde nå längre och snabbare. Men inte så långt som till planeterna Glob eller Proxi. Avstånden till dem var enorma. Trots detta fortsatte de på jorden att utforska Vintergatan och hade inte gett upp hoppet om att hitta liv inom de områden de kunde nå.

Jorden hade redan börjat läkas; medeltemperaturen hade sjunkit med två grader och polarområdena byggdes upp igen med is. De hade nått nollutsläpp av koldioxid, och det fanns inga fordon som drevs av bensin eller diesel. Under åren som gått hade nästan hälften av jordens befolkning utvandrat till planeterna. För första gången i mänsklighetens historia rådde fred överallt. Samarbetet kring utvandringarna hade stärkt samarbetet mellan länderna, och fattigdomen var nästan helt utrotad, förutom i några få delar av världen. Ingen svalt längre!

På senare tid hade Lars blivit bekant med en kvinna på planeten Proxi, och deras relation hade utvecklats till en djup kärlek. Lars hade funderat mycket över om det skulle vara möjligt för dem att få barn tillsammans, med tanke på att de kom från helt olika världar. Men de talade aldrig öppet om dessa saker. Kvinnan, som var lite yngre än honom, hette Marja. Enligt Lars var hon en mycket vacker och klok kvinna. Han kunde knappt tro att en så vacker kvinna ville vara med honom. De trivdes verkligen i varandras sällskap och var båda nyfikna på att utforska de delar av planeten som var okända.

Proxi var väldigt lik Glob i sin utveckling, och på många områden hade djur- och växtlivet utvecklats på ett fascinerande sätt. Planeterna var verkligen tvillingplaneter. I princip var det bara skillnader i utseende och fysik mellan invånarna. Därför ville de undersöka livet på Proxi. Marja hade alltid velat utforska de områden som ännu inte var upptäckta. En resa de gjorde tillsammans var till djungeln, där det sades att det fanns människor av något slag. De vandrade in i djungeln, men var mycket försiktiga och uppmärksamma för att undvika att bli attackerade av vilda djur. Båda bar med sig varsin pistol laddad med snabbverkande sömnmedel, ifall de skulle behöva försvara sig. De hade också med sig kraftiga ficklampor, ifall de skulle bli kvar efter mörkrets inbrott och behöva skydda sig mot rovdjur som de tidigare mött på Glob och som var mycket känsliga för ljus.

Vid det här laget hade Lars lärt sig språken på både Proxi och Glob och kunde tala flytande med Marja utan problem. Efter att de vandrat i djungeln i ett par dagar och kommit upp på en liten höjd kunde de se ner i en dal och upptäckte rök. De närmade sig långsamt platsen där röken kom ifrån och hörde ljud från människor, även om de inte kunde urskilja vad som sades. Plötsligt dök tre män och en kvinna upp bakom dem och hotade med spjut. Lars och Marja lyfte händerna för att visa att de inte hade onda avsikter. De främmande människorna pekade på dem och sedan i riktning mot platsen där de hört röster. De signalerade att Lars och Marja skulle gå före.

När de trängde igenom buskagen såg de några människor som såg ut precis som om de kom från jorden. De var klädda i skinnkläder med vackra dekorationer sydda på skinnen. De såg välnärda och friska ut. När Lars och Marja kom fram ur buskagen ropade de förvånat tills de såg männen och kvinnan som hade fångat dem. De nykomna såg nyfiket på Lars och Marja, utan någon synlig aggression. Lars och Marja stannade framför dem och lade handen mot hjärtat som en hälsning. Några av dem besvarade hälsningen på samma sätt. De började tala till Lars och

Marja, men de förstod inte språket. Lars svarade på sitt eget språk att de inte förstod, för att göra det tydligt att de talade olika språk.

En äldre man steg fram och sa: "De förstår inte det gamla språket. Det var länge sedan någon talade Proxispråket. Vad gör ni här?"

Lars svarade på Proxispråket: "Mitt namn är Lars och detta är Marja. Vi ville utforska djungeln eftersom den verkade vara okänd för folket på Proxi."

Marja fyllde i: "Vi menar inget ont, vi var bara nyfikna eftersom vi hört att det bodde människor här som ingen hade träffat. Vi trodde att det bara var en myt."

Den gamla mannen svarade: "Vi har inte blandat oss med människorna utanför djungeln. För många år sedan träffade vi en man vid utkanten av skogen. Vi hade lite byteshandel med honom och jag lärde mig hans språk. Vi är ett fredligt folk och lever av det som skogen ger oss. Ni är välkomna att följa med till vår by om ni vill."

Han vände sig till sitt folk och pratade med dem en stund på sitt språk. Många av dem nickade och såg glada och vänliga ut. Lars och Marja nickade tillbaka och sade till den äldre mannen att de gärna ville besöka deras by.

Han vinkade åt dem att följa med. De vandrade i ungefär en timme innan de kom fram till en liten by med ett tjugotal timmerhus. När de anlände blev människorna där mycket nyfikna på de två främlingarna, dels på grund av att Marja såg annorlunda ut med sitt något större huvud, och dels på grund av Lars ljusa hud. Folket i byn var mörkhyade, liknande sydamerikaner. Det fanns stora kärror på hjul och i en inhägnad fanns det ett antal djur av den sort som Lars hade sett på en video, där ett sådant djur attackerade och välte en bil under en av de första expeditionerna på Glob.

Lars frågade den gamla mannen om inte djuren var farliga och berättade historien om när ett sådant djur anföll bilen. Den gamla mannen svarade att de inte var aggressiva och att de lätt kunde tränas som dragdjur. Han berättade att några djur hade blivit förvildade och var rädda, särskilt om de hade kalvar. De hade haft dessa djur i hundratals år och levt sida vid sida i ett ömsesidigt beroende. Djuren var starka och kunde hjälpa till med att dra ner träd och frakta dem, medan människorna brukade jorden och odlade en sorts gräs som djuren tyckte mycket om.

Lars frågade varför de inte levde tillsammans med de andra människorna på planeten. Den gamla mannen förklarade att de egentligen bodde mycket längre bort vid ett hav på andra sidan djungeln, och att de var där för att undersöka dessa områden som hade speciella växter och rötter som de använde som medicin. Marja berättade att Proxiborna inte var så intresserade av att utforska, och att de utvecklats på sin egen del av planeten. De visste att evolutionen hade skapat olika människoraser, men eftersom de sällan träffades var de inte så intresserade av varandra. Marja nämnde att hon personligen var nyfiken och forskade om de olika raserna som fanns i andra områden. Det var därför hon och Lars var där för att utöka sina kunskaper. Förutom hudfärgen var Lars och de inhemska folken mycket lika. De stannade i byn i flera veckor och fann folket vara trevliga, skrattande och skickliga jägare. Invånarna erbjöd Marja och Lars att följa med dem tillbaka till sina städer vid havet för att leverera och sälja medicinväxterna. Den gamle mannen nämnde att växterna var mycket eftertraktade och att de gav bra betalt.

Marja var mycket intresserad och bad Lars att de skulle följa med. Lars ansåg att det var självklart att de skulle följa med, och de hade ingen brådska att åka hem. Resan skulle bli lång, men det skulle inte vara särskilt utmanande eftersom djuren skulle dra kärrorna och deras storlek skulle avskräcka eventuella rovdjur.

RESAN VÄSTERUT

Folket i byn packade kärrorna med säckar och husgeråd från stugorna och spände fast dragdjuren till kärrorna. Kärrorna var så pass höga att de motsvarade ungefär två våningar. I den nedre delen kunde man sova, medan den övre delen var avsedd för att sitta och njuta av omgivningarna. De följde en skogsväg som tydligt hade använts under många år. Ibland öppnade sig stora slätter och sjöar. De stannade vid en av sjöarna och fiskade med nät. Varje kast resulterade i att nätet var fyllt med fiskar när de drog upp det. De tillagade den färska fisken och serverade den med en sorts potatis. Smaken var fantastisk, med kryddor som var perfekt avvägda för Lars. Överbliven fisk lades i en saltlag, och delar av fisken hängdes upp under taket för att torkas. Under resan såg de många olika djur och fåglar. Ibland var ljudet från fåglar och andra djur öronbedövande. Vid ett tillfälle, när de passerade en öppning i djungeln, såg de ett antal människoapor som samlade frukter uppe i träden. De var skygga och försvann snabbt när de såg karavanen.

Efter att ha rest i en månad sa de att det bara var cirka en vecka kvar innan de skulle nå den första staden. Under resan hade Marja och Lars lärt sig mycket av det lokala språket och kunde nu prata med de andra människorna utan problem. Alla var vänliga och gemytliga, och de hade många skratt på vägen när de uttalade ord fel, vilket ibland ledde till roliga missförstånd. Kvinnorna rodnade ibland när de gjorde språkliga misstag.

Marja hade dock känt sig dålig de senaste dagarna; hon var illamående och kände sig allmänt trött. Hon klagade på att kärran gungade. Den gamle mannen undersökte henne och sa att det inte var någon fara, men att de skulle uppsöka en läkare när de kom fram till staden.

När djungeln började glesna ut, färdades de över ängar med gräs och enstaka träd med frukt hängande i överflöd. De fick smaka på frukten som var söt och saftig, liknande persikor.

I horisonten kunde man se höga torn och en stor stad vid vattnet. När de rullade in på stadens gator möttes de av en stor folkmassa som välkomnade dem. Ryktet om att en man och en kvinna från ett annat land hade kommit dit hade spridit sig. Kärran stannade vid ett lågt hus, och Lars försökte läsa texten på dörren. Han kunde läsa "sjukhus". Den gamle mannen bad dem följa med in.

Inne på sjukhuset mötte de en man med glasögon som välkomnade dem. Han bad Marja att lägga sig på en mjuk brits. Den gamle mannen förklarade att Marja hade varit illamående och ibland kräkts, särskilt på morgonen. Läkaren lyssnade, kände på hennes mage och undersökte hennes mun. Efter att ha tvättat händerna sade han:

"Du lider av ett allvarligt tillstånd."

Marja blev förskräckt.

Doktorn fortsatte:

"Du lider av en vanlig mänsklig sjukdom," sade han och log. "Du är gravid! Gratulerar!"

Marja blev förvånad och sa:

"Är det sant? Jag trodde inte att vi kunde få barn eftersom vi tillhör olika raser."

Doktorn svarade:

"Ni och vi har i grunden samma genetiska uppbyggnad, och det skiljer inte så mycket förutom några mindre skillnader i utseende."

Marja lyste upp i ett stort leende och tittade på Lars, som också var glad och chockad.

Lars sa:

"Jag är så glad! Jag har alltid önskat att få ett barn. Är du glad?" frågade han Marja.

Marja svarade:

"Jag är överlycklig över att få ett barn tillsammans med dig."

Doktorn konstaterade att det var tidigt i graviditeten och att Marja kunde leva som vanligt. Snart skulle illamåendet avta. När Marja fick reda på sin situation, lättade oron och hon strålade av lycka. För Lars var detta den största lyckan han någonsin upplevt. Det var ingen tvekan om att han skulle stanna på Proxi.

De fick ett boende i en modern lägenhet med både vatten och elektricitet. Lars frågade hur elen producerades och om det var något med utsläpp. Han fick veta att elektriciteten kom från ett fusionskraftverk som inte hade några utsläpp. De hade inga fordon eller stora maskiner; kärrorna räckte som transportmedel. De bytte varor med andra städer vid havet, som hade stora skepp för att transportera varor och människor. Utanför staden fanns det enorma odlingar som producerade mat och foder till deras djur, som påminde om grisar, kor, hönor och hästar. Det frodiga landskapet, med en medeltemperatur på tjugosju grader året runt, gjorde att de hade flera odlingssäsonger. Människorna hade stor teknisk kunskap som främst användes för att tillhandahålla vatten och bekvämligheter i städerna. Kartor som Marja hade visade att havet sträckte sig runt hela planeten, och vinden var ganska konstant där. De hade utvecklat båtar som kunde segla mycket långt, men de hade inget behov av det. Folket var nöjt med sitt liv som det var.

Lars och Marja blev inbjudna till en välkomstfest i stadshuset. De blev erbjudna att få kläder till ombyte i en lokal som liknade ett varuhus. Där fanns många vackra kläder som de kunde välja bland utan kostnad. Marja valde en fantastisk klänning med starka färger och fina broderier. Lars valde en skjorta och byxor med mönster på skjortan. När han såg sig i spegeln var han nöjd och tyckte att han såg yngre ut.

Vid stadshuset möttes de av många människor klädda i färgglada plagg. Den gamle mannen välkomnade dem och ledde dem till ett stort bord där de blev ombedda att sätta sig. När alla hade satt sig, kom ett antal personer upp på en scen och spelade på instrument Lars aldrig hade sett förut. Musiken var mjuk och harmonisk och gav en känsla av trygghet och glädje. Efter att ha spelat klart fick de kraftiga applåder. Den gamle mannen steg upp på scenen, harklade sig och sa:

"Vi vill välkomna Lars och Marja till denna fest och till vår värld. Det är sällan vi får besök av människor från andra länder, och det har varit en trevlig bekantskap under de veckor vi varit tillsammans. Lars har spelat en stor roll i att förena vår planet med grannplaneten. Hans insatser har bidragit till fred och säkerhet, och dessutom har det skett en viktig milstolpe genom att Marja kommer att föda ett barn som är en blandning av två raser och som kommer att berika vår värld. Välkomna!" När den gamle mannen hade talat, applåderade gästerna vid bordet.

Samtidigt var Marja förlägen och tittade ner.

Efter talet serverades mat och dryck. Maten var mestadels vegetarisk, med en liten del som såg ut som kött. Lars frågade sin bordsgranne vad köttet var, och han fick veta att det kom från stora havsdjur, motsvarande valkött. Grönsakerna kom från odlingarna utanför staden. Drycken var något jäst och påminde om öl, medan Marja fick en annan dryck som såg ut som saft. Servitören sa att den jästa drycken inte var bra för hennes barn.

HEMRESAN

Efter att ha tillbringat en månad i staden och dess omgivningar började både Marja och Lars känna sig lite rastlösa. Marja längtade efter att återvända hem för att berätta den fantastiska nyheten om deras kommande barn. Lars, som fortfarande kände sig pirrig varje gång han såg Marja, var överlycklig och djupt förälskad. När han hade möjlighet gav han henne en lång kram och kysste henne. Människorna i staden verkade förvånade över hans offentliga uttryck av kärlek. Lars undrade varför.

Den gamle mannen förklarade: "Vårt folk har svårt att visa sina känslor offentligt. Det är tillåtet att visa känslor, men det är inte kutym att göra det på offentliga platser. Vi är ett öppet och glatt folk, men en offentlig kyss är fortfarande ovanlig. Vårt folk är traditionellt och håller fast vid vissa gamla seder, även om det blir vanligare med tiden. Många som arbetar på havet är borta från sina familjer under månader, och de som är kvar vill inte påminna dem om den separation de känner," förklarade den gamle mannen.

När de förberedde sig för att åka hem, sade de hejdå till de vänner de hade skaffat sig, särskilt den gamle mannen som hade lärt dem så mycket om stadens invånare och seder. De hade fått intrycket av honom som en klok och modern person med ett stort hjärta. De lovade att återkomma någon gång.

De hade arrangerat att åka med ett handelsskepp till den yttersta staden vid havet, som låg närmare Marjas hemstad. Därifrån skulle de kunna ansluta sig till expeditioner som hämtade medicinalväxter.

Lars såg fram emot att komma dit, då han hade byggt en villa utanför staden. Eftersom han valt att inte stanna kvar på jorden hade han sålt sina hus i Sverige och Houston och fått en ansenlig summa pengar. Under sin tid på Space Center hade han också tjänat mycket, och med få utgifter, hade han haft råd att köpa mycket utrustning via maskinen när den fortfarande fungerade. Han hade köpt en stor mängd solceller och elektriska motorer, samt en byggnad som han fyllde med sin utrustning. Han hade också skaffat fyra jeepar som kunde laddas med solceller.

Mycket av det han köpt kunde han byta mot den lokala valutan, vilket gav honom en bra start för att försörja både sig själv och sin kommande familj.

Resan med handelsskeppet gick bra, med lugna vågor och en bra vind. De seglade längs kusten, och den omgivande naturen var vacker. Under färden stannade de vid några städer för att lasta av och på varor. Till slut nådde de den yttersta staden och gick iland. Resan hade gått bra för Marja, som nu var fri från illamående. En liten bula på magen visade tydligt att hon var gravid, och hon rörde ofta försiktigt vid den med ett lyckligt leende.

Kaptenen på handelsskeppet hjälpte dem att ansluta sig till en expedition som skulle ta dem vidare mot Marjas hemstad. Expeditionen inkluderade båtar med kärror och dragdjur, och en mindre segelbåt som

Lars och Marja skulle använda för den sista biten. Under färden såg de stora valar som simmade nära båtarna, samt många andra stora fiskar och djur som påminde om sälar och delfiner. Stora fåglar cirkulerade ovanför dem, dykt ner i havet och kom upp med stora fiskar i klorna. Lars spenderade mycket tid på att studera havet och fundera över planeterna. Han undrade hur liv kunde utvecklas så likartat på både denna planet och jorden. Han funderade på om det kunde vara så att planeter med syre och en tempererad miljö nära sin sol hade liknande förutsättningar för liv, vilket ledde till liknande evolutionära mönster. Han reflekterade över hur mänskliga raser hade utvecklats oberoende av varandra på jorden och fann bevis på att evolutionen här också hade lett till olika mänskliga utvecklingsstadier, som från människoaporna till de folk de nu reste med.

När de nådde platsen där expeditionen skulle fortsätta in i djungeln, lastades segelbåten och sjösattes. De lastade ombord mat och vatten för att klara resan. Marja hade viss erfarenhet av segling och fick instruktioner om hur båten skulle hanteras.

De sade farväl till manskapet och hissade sina segel för att fortsätta utanför kusten. Med god vind närmade de sig Marjas hemstad. Ju närmare de kom, desto fler skepp och båtar mötte de. De styrde in i en hamn som Marja kände till och förtöjde båten vid en brygga. De bar in gåvorna de fått från fiske-folket och tog en gemensam dusch och tvättade varandra på ryggen. De njöt av att vara tillsammans i sitt eget hem. Lars smekte försiktigt över Marjas mage och sade att han var världens lyckligaste man.

När de kopplade av i soffan kände de av resans påfrestningar och bestämde sig för att gå till sängs och sova tätt ihop. Lars vaknade tidigt nästa morgon och kände doften av kaffe, som han tagit med sig från jorden. Han hade fått tillstånd att ta med kaffebönor för att kunna plantera egna kaffebuskar. När han gick upp hade Marja förberett frukost och hälsade honom med en kram och kyss. De åt frukost tillsammans och pratade om minnen från resan. Marja tittade på sina anteckningar som hon hade skrivit under hela resan och planerade att skriva en bok om sina erfarenheter.

De förberedde sig nu för att träffa Marjas föräldrar och syskon. Lars var nervös över hur de skulle reagera när de skulle berätta om det kommande barnet. Marja lugnade honom och sade att de skulle bli glada över att bli mormor och morfar för första gången.

Mitt på dagen gav de sig av med en av jeeparna och körde hem till Marjas föräldrar. Folket vid vägen tittade intresserat när de passerade, men de hade redan sett Lars köra tidigare.

Marja öppnade dörren och ropade hej! Hennes mamma och pappa rusade fram och omfamnade henne. De uttryckte sin oro över att de inte hade hört något från dem på länge. Marja försäkrade dem att allt gått bra och gav en kort sammanfattning av deras resor och upplevelser.

De blev snart omhändertagna med fika och soppa vid bordet. Marjas syskon kom också hem och blev glada över att träffa dem. Efter en stund av fika sade Marja:

– Vi har en liten nyhet att berätta för er.

Hon tog en dramatisk paus och tittade på sina föräldrar.

– Ni ska bli mormor och morfar! Jag är med barn, och det ska ske om tre månader.

Mamman, pappan och syskonen blev helt chockade. Pappan stammade fram:

– Men... hur har det gått till?

Marja svarade:

– Så som det alltid går till, förstås.

Pappan fortsatte:

– Jag förstår det, men hur är det möjligt? Ni är från olika världar. Är det verkligen möjligt?

Lars tog till orda:

– Tack för att du är säker på att jag är den kommande fadern! Det visade sig att vi är kompatibla trots våra olika raser. Jag är så lycklig över att få ett barn tillsammans med er dotter, som jag älskar av hela mitt hjärta!

När chocken lagt sig började alla runt bordet gratulera dem och uttrycka sin glädje över den kommande familjemedlemmen. Marjas mamma sträckte fram handen, lade den på Marjas mage och sade:

– Då är det dags för er att lova varandra trohet i livet. Det är något ni måste göra genom en ceremoni. – Självklart, sade Lars.

CEREMONIN

Det blev en omfattande planering inför ceremonin, där släkten skulle bjudas in enligt tradition. Planeringen sköttes alltid av kvinnans föräldrar, och det var särskilt stort att nyheten om att en jordbo och en person från Proxi skulle få barn tillsammans. Några av jordborna som hade flyttat till Proxi kontaktade Lars för att gratulera. De uttryckte att det var bra att veta att de kunde få barn med människorna på Proxi om de skulle träffa någon de tyckte om, och att det gjorde dem till en del av samhället som kunde delta fullt ut.

Några dagar innan ceremonin fick Lars besök av en Proxibo som knackade på hans dörr. Lars öppnade och mannen frågade om Lars kunde överväga ett förslag som han hade. Lars kände igen honom från när han hade handlat i hans varuhus, som sålde elektroniska artiklar.

Mannen hette Dodo.

Lars bjöd in Dodo i huset och frågade om han ville ha en kopp kaffe.

Dodo svarade att han aldrig hade smakat kaffe men hade hört att det var en dryck som jordborna tyckte om. Han tackade ja och sa att han gärna ville prova.

Dodo smuttade på kaffet, verkade nöjd och sade att han tyckte det smakade gott.

– Ni ville fråga mig om något? sa Lars.

– Ja, precis, svarade Dodo. Jag har sett när du körde en bil, tror jag att de heter. Jag skulle vilja tillverka sådana. Vet du hur tekniken fungerar?

– Inte direkt, svarade Lars. Det finns ett batteri som lagrar ström från solceller och driver en elmotor. Jag vet inte mycket mer, men jag har några extra bilar som du kan låna om du vill försöka lista ut det själv. Det finns en handbok med bilder på delarna som kanske kan vara till hjälp. Eftersom ni kan tillverka raketer, borde ni ha teknik för att bygga motorer och andra styrenheter.

– Kan jag verkligen låna en bil?

– Ja, självklart. Jag kan visa dig hur man kör om du följer med mig, svarade Lars.

De gick till förrådshuset, och Lars backade ut en av bilarna. Han visade reglagen, hur man bromsade och gasade. Dodo satte sig i förarsätet och provkörde en liten bit. Lars sa:

– Kör du och hör av dig hur det går.

– Tack, sa Dodo och körde iväg.

Lars undrade om Dodo skulle kunna lista ut hur bilen fungerade och om han skulle kunna tillverka en liknande. Tiden skulle få utvisa!

Dagen för ceremonin kom, och Lars och Marja åkte till lokalen där den skulle äga rum. De blev mötta av Marjas föräldrar som hälsade dem välkomna. Lokalen var full av folk, varav några kände Lars igen. De flesta var nya ansikten, och han hade ingen kännedom om deras släktband.

Lars blev förvånad när han såg två par stå vid en vägg vid sidan av lokalen – utvandrare från mellanlandet i Sverige! Han gick fram till dem och hälsade glatt.

– Hur kommer det sig att ni är här? Visste ni att vi hade en ceremoni idag? frågade Lars.

– Vi blev inbjudna av din frus mamma som kände till oss och att vi kom från Sverige, svarade en av kvinnorna.

– Jag är verkligen glad att se er här, ni är varmt välkomna.

– Vi ville absolut komma. Du är ju en kändis här. Och förresten, grattis till det kommande barnet! Det är en trevlig nyhet. Kanske våra framtida barn hittar en partner från Proxifolket, och våra släkter kan förenas.

Lars gick till Marjas mamma och tackade för att hon hade bjudit in landsmän från hans hemland. Hon berättade att de kände till de här paren och att de hade blivit kända som arbetsvilliga och välanpassade till Proxi-kulturen.

En klocka ringde, och Marjas pappa steg upp på scenen. Han harklade sig och började tala:

– Jag hälsar er alla välkomna till denna ceremoni, som ska förena Marja och Lars som ett par för all framtid. Kom upp här, Marja och Lars. Ni har inlett er resa tillsammans, och vi alla ser er kärlek till varandra. Ni ska nu lova att hålla ihop för kommande släkten, som förenar oss alla oavsett var vi kommer ifrån.

Han gjorde en gest till Marja, som tog ett steg fram och sade:

– Enligt våra seder lovar jag att vara trogen och älska min man i alla år från nu tills döden skiljer oss åt.

Lars ställde sig framför henne och sade:

– Enligt era seder och de seder vi har på jorden lovar jag dig, Marja, att vara trogen och stödja och älska dig tills döden skiljer oss åt.

Folket i salen applåderade och visslade.

Efter ceremonin satte sig alla vid borden och åt av de olika maträtterna som serverades. När alla hade ätit klart, överraskade Marjas pappa med att gå runt och erbjuda kaffe. Han hade smugit sig till Lars och Marjas hus och tagit bönorna utan att de visste om det. Pappan hade sett Lars tillaga kaffe många gånger när de hade varit gäster hos dem. Nästan alla tog emot den dryck de hade hört talas om.

Senare på kvällen började folk dansa och spela för varandra. Festen pågick i flera timmar och blev lite tröttsam för Marja, som trots allt var gravid. Både Lars och Marja tackade alla för att de hade deltagit i ceremonin och önskade god natt!

UTVECKLING

Marja hade fött sitt barn, och det blev en flicka. Det var tydligt att hon hade ärvt bådas utseende: ljus hy och något större huvud, men inte lika stort som de inhemska barnens.

Dodo kom förbi och lämnade tillbaka bilen. Han berättade att han hade lyckats tillverka bilar, även om de inte var lika avancerade som Lars' bil. Han hade använt en annan teknik och utvecklat ett batteri som var dubbelt så effektivt. Han tackade för att han fått låna bilen och kom med ett förslag till Lars.

– Jag skulle vilja att du blir min kompanjon och delägare. Jag vet att du behöver något att göra, och med din fru och barn är det väl bra med en inkomstkälla, sa Dodo.

– Det är ett lockande erbjudande. Jag har faktiskt funderat på en produkt som jag tror skulle kunna förbättra transporter. Jag skulle vilja utveckla större motorer som kan driva skepp och bevara drift utan utsläpp. Skulle det kunna vara något vi kan satsa på? frågade Lars.

– Det skulle vara en perfekt produkt, och jag tror att det finns efterfrågan på både stora och mindre båtar. Med mitt nya batteri kan vi skapa kraftfulla motorer, svarade Dodo.

– Jag har lite kunskap om hur man utvecklar propellrar som fungerar i vatten. Jag har också kontakt med ett folkslag som huvudsakligen bedriver verksamhet till sjöss och fiske. Jag tror att de skulle vara intresserade, sa Lars.

De kom överens om att Lars skulle besöka Dodo för att diskutera olika satsningar och hur samarbetet skulle kunna se ut. De övervägde även möjligheten att utveckla solceller lokalt, eftersom det var viktigt att kunna ladda batterierna för att få systemet att fungera.

Deras samarbete kring bilar och motorer visade sig vara framgångsrikt. Det fanns ett stort intresse för att köpa bilar och utrusta skepp med motorer och propellrar. Som utvecklare hade de goda inkomster, och all produktion skedde på ett miljövänligt sätt utan utsläpp. Deras framgång var så stor att de även började exportera till Glob!

SLUT

Ps. Störningarna var bara tillfälliga, återigen gick det att få kontakt med Jorden!